Bianca™

El griego implacable
Trish Morey

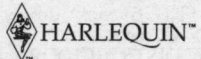

Editado por HARLEQUIN IBÉRICA, S.A.
Núñez de Balboa, 56
28001 Madrid

© 2009 Trish Morey. Todos los derechos reservados.
EL GRIEGO IMPLACABLE, N.º 2005 - 9.6.10
Título original: The Ruthless Greek's Virgin Princess
Publicada originalmente por Mills & Boon®, Ltd., Londres.

Todos los derechos están reservados incluidos los de reproducción, total o parcial. Esta edición ha sido publicada con permiso de Harlequin Enterprises II BV.
Todos los personajes de este libro son ficticios. Cualquier parecido con alguna persona, viva o muerta, es pura coincidencia.
® Harlequin, logotipo Harlequin y Bianca son marcas registradas por Harlequin Books S.A.
® y ™ son marcas registradas por Harlequin Enterprises Limited y sus filiales, utilizadas con licencia. Las marcas que lleven ® están registradas en la Oficina Española de Patentes y Marcas y en otros países.

I.S.B.N.: 978-84-671-7949-1
Depósito legal: B-16596-2010
Editor responsable: Luis Pugni
Preimpresión y fotomecánica: M.T. Color & Diseño, S.L.
C/ Colquide, 6 portal 2 - 3º H. 28230 Las Rozas (Madrid)
Impresión y encuadernación: LITOGRAFÍA ROSÉS, S.A.
C/ Energía, 11. 08850 Gavá (Barcelona)
Fecha impresion para Argentina: 6.12.10
Distribuidor exclusivo para España: LOGISTA
Distribuidor para México: CODIPLYRSA
Distribuidores para Argentina: interior, BERTRAN, S.A.C. Vélez Sársfield, 1950. Cap. Fed./ Buenos Aires y Gran Buenos Aires, VACCARO SÁNCHEZ y Cía, S.A.
Distribuidor para Chile: DISTRIBUIDORA ALFA, S.A.

Prólogo

París

Tenía una tormenta en la cabeza, un sabor desagradable en la boca y una mujer desnuda en la cama. Esto último bastaba para hacerle olvidar todo lo demás. Era suave, su piel desnuda parecía seda bajo aquellas manos suyas que resultaban demasiado torpes. Las manos pequeñas de ella calmaban su frustración, encendiendo su excitación con dedos sabios que parecían seguir el rastro de su piel mientras su boca prendía fuego a otros puntos… el ángulo de su mandíbula, la juntura del cuello, y más abajo.

Él trató de abrazarla con brazos de plomo, todavía pesados por el alcohol y el sueño, pero ella se rió con picardía y escapó de él. Estaba demasiado oscuro para ver, así que él volvió a caer sobre las almohadas. La neblina de su cabeza se agudizó mientras trataba de encontrarle sentido a las cosas. Pero no podía pensar con ella atacándole desde una dirección diferente. Su boca era un círculo de fuego en el interior de una rodilla, su lengua fuego en la piel de su muslo.

Aquellas sensaciones se abrieron un hueco en su dolor de cabeza, pequeñas fisuras de recuerdos que cobraban vida. Recuerdos de su llegada a París siguiendo las órdenes de su padre, de los gritos de su padre, de su contestación y del golpe que sintió en el estómago cuando se dio cuenta de que no tenía opción...

Sentía la lengua dormida, la boca seca y el poco familiar sabor del whisky en el aliento. ¿Cuánto había bebido?

La sangre se le agolpó en los oídos, retumbándole por el cráneo, que le dolía más a cada latido del corazón, un latido que le bombeaba la sangre hacia el sur, hasta que otra parte de él comenzó a latir. Sintió dos manos pequeñas abrazándole, y la respiración se le quedó retenida en los pulmones. Manos frías. Manos suaves. Manos fascinantes.

Y entonces, cuando creía que ya no podía seguir soportándolo, ella le pasó la lengua por la punta. Fue sólo un roce, pero se retorció debajo de ella como si le hubieran dado una descarga eléctrica.

Se llevó la mano al corazón, que le latía a toda prisa, convencido de que el cráneo se le debía de estar hinchando a cada martilleo. ¿Aquello era idea de su padre para sellar el acuerdo y que no hubiera marcha atrás?

Desde las pútridas profundidades de su cerebro confundido por el alcohol, todo parecía posible. Ambos se habían mostrado firmes en que el compromiso debía seguir adelante. Así que habían puesto a Elena desnuda en su cama para que lo sedujera y para que tal vez concibiera un hijo, lo que significaría que no habría posibilidad de escapar, ninguna opción de evitar el destino que su padre había labrado para él.

Se rascó la frente sudorosa con una mano y deseó poder pensar con claridad, deseó poder disipar la niebla que llenaba su cerebro, pero sabía que podía ser cierto. Después de aquella noche, sabía que sus padres eran capaces de cualquier cosa. Su destino estaba sellado. No había vuelta atrás.

Entonces Elena lo montó a horcajadas sin dejar de sujetarlo con una mano, y él retiró el brazo y volvió a abrir los ojos, luchando contra el dolor que le atravesó la frente mientras trataba de enfocar la mirada en la oscuridad.

Elena se movió encima de él, guiándole a través de la capa de vello de su entrada, y el fuego volvió a encenderse cuando lo colocó en aquel dulce y húmedo punto. Pero un latigazo de rebeldía le atravesó el cerebro.

Aunque no había nada que pudiera hacer respecto a aquel matrimonio, no permitiría que lo tomaran como si fuera un trofeo de guerra.

Si alguien se dedicaba al pillaje, ése sería él. Y Elena iba a enterarse de ello.

Soltando un gruñido que retumbó en su cabeza como un cañonazo, se incorporó sujetándole los brazos y colocándola debajo de él antes de que su grito de sorpresa se extinguiera. Le latía la cabeza ante aquel movimiento brusco y su estómago se revelaba, pero tenía cosas más importantes en la cabeza. Por un instante permitió que sus manos subieran por el dulce cuerpo de Elena. Esta vez, atrapada debajo de él, no escaparía. Le cubrió los senos, que eran más pequeños de lo que había esperado, pero no era la primera vez que la realidad no se ajustaba a las expectativas. Además, eran firmes y estaban erectos, y en medio de la niebla que cubría su cerebro, no tenía intención de protestar. Además, eran lo mejor que había sentido en toda la noche. Y si podía sentir algo, lo que fuera, a través de la zona de guerra que era su cabeza, lo haría.

Aun así, la haría pagar por jugar aquel papel en el sórdido acuerdo de negocios de sus padres. Inclinó la cabeza y se introdujo uno de sus senos tirantes en la boca. El cuerpo de Elena se arqueó bajo el suyo, estremeciéndose cuando su mano le sujetó el otro pecho y lo apretó con fuerza y no poca rabia.

¿Cómo se atrevía a intentar atraparle? Había accedido a casarse con ella, ¿no era así? En su interior creció un fuego, alimentado por el whisky, el deseo y aquella mujer de carnes firmes que se había metido donde no debía.

Él había dado su palabra a sus padres. ¡Maldita fuera, pagaría por esto!

A través de su cerebro cubierto de niebla y del fuerte latido de la sangre, la escuchó gritar, trató de entender la razón y finalmente le soltó el seno que tenía fuertemente agarrado entre los dientes apretados. Era un milagro que no le hubiera hecho sangre. Ella se relajó al instante, y él le quitó el resto de la tensión lamiendo y succionando hasta que volvió a acurrucarse como un gatito, enredando sus piernas de seda alrededor de las suyas en muda y ancestral invitación.

Había terminado de jugar con ella. Elena estaba a punto, él lo sabía, así que se retiró trazando círculos indolentes alrededor del manojo de terminaciones nerviosas que la llevaron a gritar de placer mientras él se colocaba en su apretada entrada.

Otra sorpresa. Consideraba a Elena una mujer de mundo. Tenía cuatro años más que él, estaba convencido más allá de toda duda de que había tenido una buena cantidad de amantes. Y sin embargo...

Empujó contra su piel húmeda pero que a la vez se resistía extrañamente, y sintió cómo se ponía tensa debajo de él, notó cómo contenía el aliento.

«No puede serlo», pensó. Sólo estaba borracho y torpe, y esta vez...

Entonces la escuchó gritar, y hubo algo familiar y al mismo tiempo inesperado en su voz que provocó que se le helara la sangre. Se apartó, luchando contra la llamada de su cuerpo para aliviarse. Su cabeza protestó contra aquellos movimientos bruscos mientras él buscaba enloquecido el interruptor que sabía que tenía que estar por algún lado. La luz inundó la habitación e hizo explosión en su cabeza. Unos arponazos de dolor le atravesaron los ojos, pero no tuvo más remedio que ignorarlos para poder averiguar si lo que se temía era cierto.

Y entonces se giró, y el insoportable dolor de cabeza fue la última de sus preocupaciones. Marietta Lombardi, la hermana adolescente de su mejor amigo, estaba desnuda en su cama con los ojos abiertos de par en par y asustada como un conejito atrapado por la luz. Tenía el largo y rubio cabello enredado alrededor de la cabeza, y movía las blancas piernas con incomodidad sobre la ropa de cama.

—¿Qué diablos estás haciendo aquí? —cada palabra chocaba contra su cabeza como un disparo. El efecto que tuvieron en ella resultó todavía más devastador. Parecía mortalmente herida cuando se apoyó contra el cabecero de la cama, subiendo las rodillas al pecho y rodeándolas con los brazos.

—Quería darte algo —le temblaba el labio inferior, un labio inferior que él se había sentido tentado a besar con frecuencia, aunque nunca lo había hecho y nunca lo haría—. Vine a… entregarme a ti.

—¡No! —bramó él levantándose de la cama y arrastrando la colcha de damasco con él para cubrir su desnudez hasta que pudiera alcanzar su bata.

Era la hermana pequeña de su mejor amigo. Era virgen. Y aunque él había pensado que tal vez algún día, en el futuro... pero ahora ya no cabía aquella posibilidad. Nunca. No después de aquella noche.

–¿En qué diablos estabas pensando?

–Estaba pensando en que quería hacerte un regalo de cumpleaños.

Allí estaba otra vez aquel temblor del labio. Y entonces vio en su seno la marca de sus dientes allí donde la había mordido en su rabia, y la visión de aquella marca roja en su piel perfecta le provocó una nueva punzada de dolor.

Oh, Dios, aquello estaba mal en muchos sentidos. Había estado a punto de tomarla, de hundirse en ella, de castigarla como si hubiera hecho algo mal.

Y le había hecho daño.

Se pasó las manos por el pelo.

–Tienes que irte.

–Pero... Yannis...

–¡Tienes que irte!

–Ibas a hacerme el amor. Es verdad. ¿Por qué te detuviste?

Él gruñó.

–¡Porque no sabía que eras tú!

–¿Y quién creías que era? –Marietta tuvo el valor de indignarse, y él estuvo a punto de reírse. A punto. Porque aquello no tenía nada de gracioso.

–Sal de aquí.

–Pero te quiero.

–Tienes dieciséis años. No puedes quererme.

–Pero tú me quieres. ¡Me lo dijiste!

Yannis se dio la vuelta bruscamente con los puños apretados en la frente, luchando contra la agonía interior, contra la injusticia y la insensatez que acompañan el recuerdo de un día lleno de prados verdes, margaritas, cielo azul y una joven que siempre le había parecido perfecta para él.

Sintió su mano en el hombro y se giró. Marietta estaba desnuda y temblorosa, con la blanca piel de gallina, los rosas pezones erectos y duros. Ella le tomó la mano y se la colocó en un seno de modo que el duro pezón sobresaliera en su palma y sus dedos se curvaran sobre su carne firme, provocando que su cuerpo volviera a cobrar vida de nuevo.

–Te deseo –dijo con una osadía que Yannis no había visto nunca en ella con anterioridad. Tenía las mejillas teñidas de rojo, y aquella osadía la llevó a extender la mano hacia el lugar donde él seguía hinchado–. Por favor, hazme el amor.

Yannis se sintió tentado. Ella se acercó más, tomando su silencio por un sí, apretándole los senos contra el pecho, succionándole la piel mientras una nueva agonía cruzaba la dolorida mente de Yannis. Podría tomarla ahora y nadie lo sabría nunca. Nadie lo sospecharía. Una noche perfecta antes de casarse con Elena. ¿Era mucho pedir?

Le pasó los dedos por la cortina de su cabello, acariciándoselo con los pulgares, apretándole los labios contra el pelo. Y ella lo miró con tal expresión de adoración en los ojos, con tanto amor y confianza, que Yannis se sintió enfermo por haberlo siquiera considerado. ¿Cómo iba a hacerle aquello a Marietta, acostarse con ella una noche y luego anunciar su compromiso con otra mujer al día siguiente?

Eso no podía suceder.

No podía permitir que sucediera.

Ni ahora, ni nunca.

–Márchate –le dijo apartándole los brazos de su cuerpo, apartando de sí la tentación–. No te quiero aquí.

La confusión iluminó las facciones de Marietta.
–No hablas en serio.
–¡Vístete y sal de aquí!
–Pero te quiero. Y tú me quieres a mí.
–¡Como a una hermana! –le espetó Yannis. Aquella mentira surgió debido a la certeza de que una ruptura limpia podría ser cruel, pero era el único camino–. ¿No lo entiendes? Te quiero como a una hermana. *Nada más*.

El hermoso rostro de Marietta se arrugó. Los ojos se le llenaron de unas lágrimas que le resbalaron por las mejillas.
–Pero tú dijiste…
–¡No importa lo que dijera! ¿No lo entiendes? Nunca podré quererte de otra manera. Y ahora márchate y regresa a tu habitación antes de que alguien te vea.
–Pero Yannis…
–¡Vete!

Capítulo 1

Isla de Montvelatte, trece años después

Estaba cerca, podía sentirlo.

No era sólo el picor en la nuca y el nudo en la garganta lo que tenían a Marietta Lombardi en plena alerta. Era el modo en que el aire parecía más ligero, más tenso, como si el gran número de velas del gigantesco comedero del castillo hubiera consumido hasta la última gota de oxígeno de la atmósfera, dejando un vacío que necesitaba llenarse.

Y entonces se abrieron al fondo de la estancia las antiguas puertas de madera, e incluso el aire de sus pulmones desapareció. Yannis Markides, el hombre al que había jurado no volver a ver jamás, estaba por fin en Montvelatte. Vestido íntegramente de negro, ocupaba por completo la ancha entrada como una nube oscura. Sus ojos escudriñaban intensamente a la multitud congregada para el ensayo de la cena de la boda. Una oleada de adrenalina se estrelló contra ella, clavándola en la silla y amenazando con liberar recuerdos de trece años atrás que estaban enterrados en lo más profundo de su mente.

Aunque al parecer no era un lugar suficientemente profundo.

Y sin embargo, una marea de recuerdos no deseados no podía compararse con verlo en persona. El

Yannis de sus sueños no deseados no podía compararse con aquel hombre, que parecía más un guerrero a punto de entrar en batalla que un viejo amigo de la familia. ¿Había sido siempre tan alto? ¿Había sido siempre capaz de llenar todo un espacio con su mera presencia? Y a pesar de su actitud guerrera, ¿había tenido siempre aquel aspecto tan bueno?

Marietta tragó saliva.

No necesitaba que tuviera tan buen aspecto. No quería que lo tuviera. Debería irse ahora, escabullirse aprovechando la confusión de los camareros sirviendo multitud de comidas antes de que la viera, antes de tener que enfrentarse a él de nuevo y revivir la humillación de su último encuentro.

Y entonces su hermano se puso de pie a su lado, llamándole a gritos, y Marietta supo que ya era demasiado tarde. Aquellos ojos de obsidiana que confiaba poder evitar encontraron su objetivo al ver a Rafe, su boca se curvó en una sonrisa hasta que aquellos mismos ojos se posaron en ella con tanta frialdad que Marietta se estremeció. Cualquier atisbo de sonrisa se borró al instante antes de volver a clavarse en Rafe con decisión, como si el mero hecho de haberla mirado a ella hubiera sido un error.

Una vez liberada de la mirada fría como una tumba de Yannis, Marietta sintió como si le hubieran dado un puñetazo en el estómago. Sabía que Yannis Markides no era la clase de hombre que olvidara y perdonara, pero estaba claro que tampoco tenía problemas en guardar resentimiento. Y por la expresión de su rostro, parecía tan poco entusiasmado como ella de volver a verla.

Muy bien. En cuanto se celebrara aquella boda, no

volverían a verse nunca más, y más felices serían ambos.

Así que ella estaba allí, tal y como le habían advertido que sucedería. Yannis apretaba y aflojaba los puños a los costados al ritmo de su corazón. Una rabia profundamente arraigada le tiñó la visión de rojo. Siempre había creído que estar advertido suponía tener ventaja. Aquel principio le había servido a lo largo de los años tanto en su vida profesional como en la privada, y sin embargo ahora, al encontrarse cara a cara con la mujer que había hecho más por destrozar la seguridad financiera de su familia que cualquier tiburón con el que había tenido que tratar en su momento, aquel viejo dicho no servía. Porque hasta aquel instante no se había dado cuenta de la profundidad de su resentimiento. Era como si al verla se le hubieran reactivado todas las brasas de ira y de amargura, reabriendo viejas heridas.

No quería estar allí aunque fuera la boda de su mejor amigo, porque eso significaba volver a verla y verse arrojado de nuevo a aquellos días oscuros.

Aspiró con fuerza el aire, cargado de aromas a ajo, romero y venado asado, y percibió algo más en la mezcla… el deber. Porque no tenía más remedio que estar allí. A lo largo de los años había aprendido que la vida no siempre te daba lo que querías. Yannis estaba allí, y se esperaba de él que fuera su compañero durante la fiesta nupcial, que fuera su pareja a lo largo de las festividades, que incluso la tomara entre sus brazos y la sacara a bailar. No había advertencia posible que pudiera prepararle para eso.

Debería haber llevado una mujer. Podría haber

escogido entre muchas, incluso después de haber terminado su breve relación con Susannah. Maldijo la decisión de haber llegado solo, aunque seguía pensando que tenía su lógica. Llevar a una mujer a una boda tenía mucho peligro. Hacía que se les cruzaran ideas por la cabeza, ideas que no tenían cabida en las relaciones de Yannis.

–¡Yannis! –escuchó al hermano de Marietta saludarle a través del murmullo de las conversaciones y del sonido de la música.

Los dos hombres se abrazaron brevemente antes de darse unas palmaditas en la espalda. Ella los miró, incapaz de moverse, esperando el inevitable momento en el que Rafe le presentara a su futura esposa, el momento en que Marietta tendría que mirarle a los ojos, saludarle y fingir que lo que había ocurrido trece años atrás nunca sucedió.

–Así que éste es Yannis Markides –dijo Sienna reclinándose en la silla que había dejado libre Rafe–. Es muy guapo, ¿no? Casi tan guapo como Rafe.

«Más».

Aquel pensamiento canalla llegó sin que lo esperara, pero por mucho que trató de acallarlo, la verdad no podía negarse. Su hermano había heredado lo mejor de los genes de su padre, y era más que guapo, y más todavía con su uniforme de gala de chaqueta granate y fajín ceremonial. Pero Yannis, con aquella mezcla única de madre de Montvelatte y padre greco-chipriota, tenía algo más aún. Parecía como si hubiera sido bendecido con los mejores genes que el Mediterráneo podía ofrecer, una mezcla de cabello oscuro, ojos profundos y facciones cinceladas. Cuando tenía veintiún años había sido el hombre más guapo que ella había visto. Trece años después era un hombre en su apogeo.

–Supongo que sí –respondió mientras agarraba su copa, buscando algo sólido a lo que agarrarse mientras se decía a sí misma que no era más que un hombre, un mortal como todos los demás.

Y entonces volvió a alzar la vista.

Bajo la luz del salón de baile, su cabello negro brillaba sano y espeso, sus fuertes facciones se complementaban con el juego de luces y sombras, y cada uno de sus ángulos hablaba de nobleza.

¿Mortal? Entonces, ¿por qué tenía que tener el aspecto de un Dios? No era de extrañar que una vez creyera que estaba enamorada de él. Cualquier niña habría sido lo suficientemente ingenua para creérselo, para pensar que tal vez hubiera algo más, teniendo en cuenta que aquel hombre era el mejor amigo de su hermano y lo veía prácticamente todos los días de su vida. Además, siempre la trataba como si ella fuera algo especial.

¿Qué adolescente no habría cometido el mismo error que ella? Marietta aspiró con fuerza el aire y agarró con más fuerza la base de la copa. Por aquel entonces era muy joven y muy impresionable.

Gracias a Dios ya no era tan ingenua ni se dejaba llevar por las hormonas. Y gracias a Dios, aquella situación tan traumática terminaría pronto. Un día, tal vez dos, y la boda y las formalidades asociadas a ella habrían tocado a su fin, y ambos se marcharían de la isla.

Estaba deseando que llegara ese momento.

–Ya veo por qué es tan popular entre las mujeres –continuó Sienna–. Aunque no puedo creer que ahora esté solo. Esperaba que trajera una pareja.

A Marietta no le importaba. Yannis tenía reputación de donjuán, la misma etiqueta que había colgado de su hermano hasta que conoció a Sienna. Si Yannis estaba solo, no le cabía duda de que se trataba de una situación temporal.

–Tal vez ella entrara en razón –murmuró Marietta.

La otra mujer giró la cabeza para mirarla.

–¿No te cae bien? Creí que habíais crecido juntos como una gran familia feliz. Al menos así es como lo cuenta Rafe.

Marietta se encogió de hombros y forzó una sonrisa.

–Ya sabes cómo es esto, dos son compañía y tres son multitud. Ellos siempre han sido los mejores amigos, y yo siempre he sido la hermana pequeña de Rafe.

Tal vez puso demasiado énfasis en las últimas palabras, o quizá encerraban un punto de amargura. El caso es que Sienna se la quedó mirando un instante, como si estuviera sopesando su respuesta. Luego asintió y le apretó la mano.

–Creo que lo entiendo.

Marietta sintió una oleada de afecto hacia aquella mujer australiana que pronto se convertiría en su cuñada.

Los dos hombres se giraron entonces, Rafe señaló hacia ellas y Marietta sintió una punzada en el estómago que la hizo hundirse más en la silla. Dejó rápidamente la copa que todavía sujetaba e hizo un esfuerzo por componer una sonrisa de plástico cuando se acercaron.

–Supongo que recuerdas a Marietta, por supuesto –dijo su hermano abriendo camino, y aquella nube oscura se cernió peligrosamente sobre ella antes de que tuviera oportunidad de encontrar los pies, aunque seguramente no habría recordado cómo se utilizaban. Estaba tan cerca de ella que no se atrevió a llevar a cabo aquella proeza. Porque su mirada se le había clavado sin el menor asomo de calidez por volver a verla.

Se dio cuenta al instante de que era obra suya. Ella había borrado cualquier buen recuerdo de sus años juntos con un único y estúpido acto. Y ahora, tal y como había hecho trece años atrás, Yannis seguía haciéndole pagar el precio.

Tantos años después. Marietta no era más que una adolescente entonces. Cometió un único y estúpido error. ¿Tan imperdonable era lo que había hecho?

–Yannis –dijo, porque necesitaba romper el silencio que se extendía como un alambre tensado entre ellos–. Cuánto tiempo.

La mirada abrasadora que él le dedicó por respuesta le hizo ver a Marietta que pensaba que no había sido tiempo suficiente. Luego inclinó la cabeza en breve saludo.

–Princesa –dijo, y Marietta tragó saliva. El modo en que lo dijo hacía que sonara como un insulto, pero antes de que pudiera relajar las cuerdas vocales lo suficiente como para decirle que podía llamarla Marietta, como siempre, Rafe ya se había girado para presentarle a su prometida, y Yannis había cortado el contacto con ella.

Sienna tenía sin duda más presencia de ánimo que la otra mujer, porque se levantó de la silla para saludar al amigo de toda la vida de Rafe con una sonrisa amplia y amable.

–Rafe siempre ha insistido en que me superaría en todo. En cuando a encontrar una esposa perfecta, me temo que debo concederle a él el mérito.

Sienna se rió brevemente.

—Rafe me dijo que eras encantador. Me sorprende que no hayas encontrado todavía a la mujer de tus sueños.

Marietta se revolvió en la silla mientras esperaba la respuesta de Rafe, aunque no estaba muy segura de por qué. Hacía mucho que había abandonado la idea de ser ella la mujer de sus sueños. Hacía mucho que había dejado de importarle con quién estaba. Así que llenó su vaso de agua para distraerse.

—Yannis nunca se casará, estoy seguro —respondió Rafe en nombre de su amigo—. Ninguna mujer es suficientemente buena para él.

«Y Marietta menos que ninguna». Ni siquiera había sido lo suficientemente buena como para acostarse con él.

Sienna sacudió la cabeza detrás de ella mirando a su futuro esposo y sonrió.

—Dime, Yannis, ¿cómo se encuentra tu padre? Rafe me contó que estaba muy enfermo.

—Lo estuvo, aunque por suerte ya ha salido del estado crítico. El mes pasado sufrió otro ataque. Mi madre os pide disculpas por no venir a la boda, pero no puede dejarle ahora.

—Siento que no puedan estar aquí los dos, pero me alegro de conocerte al menos a ti —dijo Siena—. Rafe me ha hablado mucho de ti.

—Nada bueno —añadió Rafe urgiéndoles a todos a sentarse mientras aparecían unos camareros surgidos de la nada llevando otro plato y rellenando las copas de vino y los vasos de agua. Yannis tomó asiento al lado de Sienna, y, con un suspiro de alivio, Marietta se refugió a la sombra de su hermano, contenta de que la barrera de la pareja feliz la separara del recién llegado.

–No puedo reprocharte que no hayas llegado a la boda, pero te has perdido el ensayo. ¿Qué te retuvo? Se suponía que tenías que haber llegado hace días.

Yannis se encogió de hombros y se llevó la copa de vino a los labios. Marietta pensó que no iba a responder hasta que por fin habló.

–El mercado estadounidense ha estado un poco nervioso, y con él algunos de nuestros clientes. No me parecía bien irme tan pronto. De hecho, tengo que volver justo después de la boda.

Rafe frunció el ceño.

–No me mencionaste a esos clientes nerviosos en tus correos.

–Vas a casarte, hay cosas que no necesitas saber –aseguró Yannis–. Además, ya tienes suficiente con ocuparte de las finanzas de Montvelatte.

–Entonces, ¿por qué no se encarga Kernahan? Después de todo, tú mismo lo escogiste como director.

Los ojos de Yannis brillaron de forma antinatural mientras miraba en silencio hacia le gente con la mandíbula apretada.

Marietta escogió aquel instante para beber agua, necesitaba algo fresco. El error fue girar la cabeza y que sus ojos se cruzaran una vez más con los del hombre que estaba sentado tres asientos más allá y que la estaba mirando fijamente. Marietta sintió un escalofrío en la espina dorsal.

–Oh, tenía mis razones –murmuró en voz baja sin apartar los ojos de los de ella para que no le quedara ninguna duda de que había esperado hasta el último momento para acudir a la boda de su mejor amigo y así evitarla.

Rafe hizo amago de continuar con la discusión, pero su prometida se lo impidió poniéndole la mano en la muñeca.

–Rafe, Yannis ya está aquí, a tiempo de sobra para la boda. Eso es lo único que importa.

El hermano de Marietta se encogió de hombros y lo dejó estar. Al mismo tiempo, Yannis apartó los ojos de ella, lo que permitió al menos reclinarse en la silla y desaparecer tras el escudo de su hermano. Se le había acelerado el pulso de pronto, como si hubiera subido corriendo las escaleras de mármol del castillo.

Aquello era una locura. Debería marcharse... decirles que tenía jaqueca. Casi era cierto. Diría que le dolía la cabeza y se retiraría a dormir pronto, y así sólo quedaría la boda al día siguiente y la fiesta, y después ya no tendría que volver a ver a Yannis. No tendría que sentir su odio en cada mirada, en cada palabra.

Casi había conseguido reunir el valor para levantarse y pronunciar las palabras que necesitaba decir cuando la música cambió de pronto de ritmo y la orquesta tocó los acordes de un vals. Su hermano se puso de pie antes que ella, tomó la mano de su prometida y se la llevó a los labios.

–Vamos, *cara*. Están esperando el baile.

–Pero es después de la boda, ¿no? Durante la fiesta.

–No todas estas personas podrán venir a la fiesta –aseguró Rafe haciendo un gesto que abarcaba toda la sala–. Muchos de ellos son habitantes del pueblo que mañana tendrán trabajo preparando las flores o en la cocina. Esta noche es nuestro modo de darles las gracias de forma especial.

Sienna sonrió y asintió con la cabeza.

–Y por supuesto, no vamos a decepcionarles –le tomó la mano y se puso de pie. La gente rompió a aplaudir cuando Rafe guió a Sienna hacia la pista de baile y tomó a la futura princesa de Montvelatte entre sus brazos. Sus cuerpos se movieron al ritmo de la música mientras se miraban a los ojos. Su amor resultaba palpable.

Amar tanto a alguien y que ese amor fuera correspondido... ¿qué se sentiría? Marietta suspiró mientras los observaba girar sin esfuerzo por la pista de baile como si fueran uno solo. Ahora que todo el mundo tenía la vista clavada en ellos era su oportunidad de escapar. Retiró la silla hacia atrás y recogió el bolso en el mismo movimiento.

–Estás distinta –dijo una voz grave a su lado. Eran palabras inocentes y al mismo tiempo acusadoras.

Marietta tragó saliva. No estaba dispuesta a dejarse acobardar por Yannis, aunque se sentía incapaz una vez más de ponerse de pie.

–¿Te refieres a que estoy vestida?

La expresión de Yannis se hizo más sombría y dura, y ella se mordió con fuerza el labio inferior, deseando habérselo pensado dos veces antes de decir aquellas palabras. A juzgar por la cara de Yannis, quedaba claro que lo último que necesitaba ninguno de los dos era recordar aquella noche.

Pero ¿qué esperaba él? Su actitud no había sido precisamente conciliatoria desde que entró en la sala y la miró por primera vez.

–Quise decir que has crecido –gruñó Yannis cuando se recuperó.

–Han pasado trece años. Es normal que me haya hecho mayor desde entonces –Marietta dejó escapar un suspiro–. La gente cambia con el tiempo, Yannis. Tal vez tú deberías intentarlo.

No tenía ningún sentido seguir allí. Marietta se puso de pie, decidida esta vez a marcharse. Así sería más fácil. No tendría que decir que le dolía la cabeza. Yannis no le pediría ninguna explicación. Estaría encantado de que se fuera.

Pero Yannis se había puesto de pie también y le estaba bloqueando la salida.

–¿Dónde crees que vas?

–Me marcho.

–No puedes irte todavía.

Debía de estar bromeando.

–Lo siento, pero haré lo que me venga en gana. Así que, ¿te importa apartarte de mi camino?

–Es la cena de ensayo de Rafe y Sienna.

–¿Crees que no lo sé? Yo estaba aquí, ¿recuerdas? No soy yo la que he llegado tarde.

Yannis apretó los músculos de las mandíbulas. Sus ojos se volvieron más duros y fríos.

–Tal vez no, pero eso no significa que puedas evadir tus responsabilidades ahora –señaló hacia la pista de baile–. Tu hermano espera que nos unamos a ellos –le ofreció el brazo a regañadientes–. ¿Vamos?

Marietta parpadeó y negó vigorosamente con la cabeza.

–Debes de estar loco.

Yannis miró hacia la pareja, que seguía bailando.

–Se supone que debemos unirnos a ellos.

Marietta tragó saliva para pasar el nudo que tenía en la garganta. ¿Esperaba que bailara con él? *De ninguna manera*. Una cosa era hacerlo en la recepción formal, pero bajo ningún concepto lo haría ahora. No tenía estómago para ella.

—Lo siento —dijo agarrándose a su anterior excusa—. Me temo que tengo una terrible jaqueca. Tengo que irme, de verdad.

Yannis frunció el ceño. En sus ojos había desaprobación y algo más.

—Tienes miedo.

Ella se puso tensa ante la acusación, ofendida por el reto y porque encerraba algo de verdad.

—¿Miedo a que tú empeores mi dolor de cabeza? —respondió dándole la vuelta a la tortilla a su favor—. Oh, admito que hay muchas posibilidades de que eso ocurra.

Yannis apretó todavía más los músculos de la mandíbula.

—Si yo puedo tolerar este inconveniente, estoy seguro de que tú también.

Sus palabras sonaron como gravilla sobre gravilla, rascando las cicatrices formadas tantos años atrás hasta que la carne quedó al rojo vivo y Marietta prácticamente podía sentir la sangre manando de la herida

—Y no creas que te lo pediría si no tuviera que hacerlo, pero los demás nos están esperando para poder bailar ellos, así que dime: ¿vas a venir de buena gana o tengo que arrastrarte a la pista de baile?

Así que Yannis tenía tan pocas ganas de bailar con ella como ella con él. Marietta trató de averiguar por qué aquel pensamiento no le resultaba tan satisfactorio como debería. Pero no había tiempo, porque Yannis tenía razón. La gente había vuelto la cabeza hacia ellos y los miraban expectantes, esperando a que se unieran a la feliz pareja. Marietta pasó por delante de Yannis con la barbilla bien alta, sin importarle si decidía seguirla o no, deseando que no lo hiciera para así poder marcharse.

Pero la siguió. No le hacía falta darse la vuelta para saber que estaba justo detrás de ella. Podía sentir su proximidad, sentir el calor que generaba el hombre, con la misma intensidad con la que sentía el tacto de su vestido de seda color zafiro girando alrededor de sus talones mientras se dirigía con determinación a la pista de baile.

Apenas había puesto el pie en ella cuando Yannis le tomó una mano y la hizo girar con tanta fuerza que chocó contra el muro de su pecho. Se quedó sin aliento y sin sentido. Yannis la sujetó con fuerza, como si estuviera seguro de que fuera a salir volando en cualquier momento.

—Baila —le ordenó al ver que ella permanecía rígida durante demasiado tiempo.

Marietta no quería tenerlo tan cerca, no quería sentir la presión de sus muslos ni el calor de su pecho. No quería que su mano quedara atrapada entre los dedos largos y cálidos que habían estado tan cerca de llevarla al paraíso tantos años atrás...

Perdida en el eco de aquellas sensaciones lejanas, dio unos cuantos pasos vacilantes hasta que se las arreglaron para encontrar una especie de ritmo incómodo. Incómodo para ella, en cualquier caso. No había forma de saber qué pensaba o sentía Yannis más allá de su abrumadora aura de resentimiento.

—Esto tiene gracia —dijo Marietta, que no podía soportar sentir su contacto. Estar tan cerca de él le encendía la piel.

—Nadie dijo que fuera a ser divertido.

Yannis la hizo girar como si estuviera hecha de paja, utilizando su tamaño para contrarrestar su resistencia y hacerla moverse del modo en que él quería.

Exasperada, Marietta aspiró con fuerza el aire y se

arrepintió al instante. Los pulmones se le llenaron con el aroma de aquel hombre. Giró la cabeza desesperadamente para encontrar un poco de aire que no estuviera contaminado de su olor, y perdió el paso. Yannis respondió apretándola todavía más contra su cuerpo.

−¿Qué estás haciendo? −protestó ella echando los hombros para atrás para tratar de recuperar un poco de espacio.

−Intentar que parezcamos una pareja.

−No somos una pareja.

−Podemos al menos tratar de movernos en la misma dirección al mismo tiempo −gruñó él−. Tú sólo baila.

No volvió a decir nada después de eso, y Marietta se lo agradeció. Así que trató de concentrarse en la música y olvidarse de los escalofríos que le recorrían la piel cuando sus cuerpos se encontraban. Así que cerró los ojos, pero fue un error. Sólo sirvió para aumentar la sensación. De alguna manera, sus cuerpos habían encontrado una especie de sincronismo, y a pesar de que Yannis era la última persona del mundo con la que quería estar, el modo en que su cuerpo se movía contra el suyo resultaba embriagador.

Así que a pesar de sí misma, sintió cómo se relajaba entre sus brazos. ¿Para qué luchar contra ello? Después de todo, se trataba de guardar las apariencias. Pronto volverían a ser enemigos. Muy pronto, aquel momentáneo respiro en la batalla habría terminado. Pero al menos por el momento tenían una especie de tregua en la que el tiempo y el resentimiento quedaban en suspenso por la magia de la música y el baile. Y de pronto le vino a la cabeza la idea de que, si se sentía tan bien bailando con un hombre al que odiaba y que la odiaba, debía de ser increíble hacerlo si se amaran en uno al otro.

Marietta apartó la cabeza de su hombro y abrió los ojos de golpe, como si acabara de regresar de un trance. Lo que necesitaba era distraerse de sus pensamientos, y mantener una conversación era la única herramienta que tenía a mano.

—Tengo entendido que nunca te casaste.

Marietta sintió cómo aspiraba el aire.

—Todavía no.

—No tienes por qué estar a la defensiva —respondió ella con un aplomo que no sentía—. Estoy segura de que todavía hay esperanza para ti.

Las parejas empezaron a llenar la pista de baile alrededor de ellos, hombres y mujeres de rostro sonriente vestidos con sus mejores galas.

—¿Qué es lo que buscas en la mujer de tus sueños que se te escapa? —insistió Marietta.

—No veo que tú tampoco lleves anillo.

—He estado ocupada.

—¿Y yo no?

—*Touché*. Rafe me dijo que estabas amasando una fortuna. Dime, ¿cuándo tendrás suficientes millones como para poder descansar?

Marietta sintió sus dedos tensarse en los suyos.

—Creí que te dolía la cabeza.

—No ha evitado que me viera obligada a bailar. ¿Por qué iba a impedirme mantener una conversación? Sinceramente, me sorprende que no te hayas casado —continuó ella volviendo a pillar el paso—. A la gente le ha gustado siempre etiquetaros a Rafe y a ti como donjuanes, pero siempre pensé que erais hombres familiares. Esperaba que te hubieras casado hace mucho.

-Tal vez debería haberlo hecho -la voz de Yannis sonó como un gruñido mientras se paraba en seco. Miró a las parejas que los rodeaban como para asegurarse de que habían cumplido con su deber y entonces la soltó sin previo aviso-. Ya puedes irte.

Capítulo 2

LAS MUJERES y sus dolores de cabeza. ¿Quién los necesitaba?

Yannis se aflojó la corbata y luego se quitó los gemelos de oro y ónix, que dejó sobre la mesilla justo antes de quitarse los zapatos. Abarcó con la mirada la suite vacía y la cama de cuatro columnas con cierto remordimiento.

Tenía que haber llevado a Susannah. No tendría que haber puesto fin a su acuerdo cuando lo hizo, aunque en su momento le pareció lo más sensato. Aparte de su propia tendencia a jugar la carta de los dolores de cabeza, siempre era un riesgo llevar a cualquier mujer a una boda y esperar que no saliera de allí con sus propios pensamientos sobre vestidos de boda y lunas de miel.

Pero si la hubiera llevado, al menos estaría con alguien ahora. Alguien que le diera un masaje en los hombros y en las sienes y calmara también otra parte de su cuerpo... *Kolasi!* ¿Por qué diablos tenía ganas de sexo cuando tenía que enfrentarse a la peor noche de su vida?

No, no era la peor. La noche más negra y la explosión de acontecimientos que había detonado tuvieron lugar trece años atrás. Esta noche podría haber sido incómoda pero nada comparado con aquélla.

Y sin embargo, seguro que merecía algún tipo de

compensación por haber tenido que enfrentarse de nuevo a Marietta. Se quitó la camisa y la tiró al suelo antes de lanzarse sobre la cama y quedarse mirando fijamente el dosel.

Se había tomado como una ofensa el comentario de que había cambiado, pero no había forma de negarlo. Había crecido durante aquellos años, tenía los pechos más grandes y la cadera se había redondeado, dándole una forma más femenina.

Yannis cerró los ojos, pero la imagen de Marietta desnuda en su cama seguía nítida en su cabeza, con el cabello rubio como un halo y la inconfundible marca de sus dientes sobre la perfecta piel de su seno.

Y sin embargo, era la expresión de sus ojos lo que se había grabado con más fuerza que cualquier otro recuerdo. Herida y consternada cuando la echó de su cama y de su vida.

Yannis le dio un puñetazo a la almohada para acomodarla. Sí, Marietta había cambiado. Aunque a él no le importaba el aspecto que tuviera. Suspiró y cruzó los brazos detrás de la cabeza, inquieto e insatisfecho. Quería sacarse de la cabeza todos los pensamientos relacionados con ella. Le había dicho que lo consideraba un hombre familiar. Tal vez lo hubiera sido mucho tiempo atrás, pero eso fue antes de que aprendiera lo que las familias esperaban de sus miembros.

Y aunque nunca había llegado a casarse con Elena después de aquella noche, el alivio había sido muy corto. La consiguiente caída financiera requirió de toda su atención. Había necesitado de años de trabajo al lado de Rafe para recuperar la fortuna familiar, años en los que se había presionado mentalmente para conseguir el tipo de acuerdos que le reportaran millones, años en los que se había presionado físicamente con horas en el gimnasio para ejercitar sus músculos y que estuvieran a la altura de su mente. Y durante todos aquellos años no hubo tiempo para las mujeres, a menos que tuvieran un cuerpo caliente, el corazón frío y ausencia de planes de futuro.

No, el matrimonio y la familia no tenían cabida en su lista de prioridades.

Estaba tomando el desayuno cuando ella bajó.

Marietta vaciló antes de entrar en la terraza emparrada. Necesitó de un instante para ordenar sus pensamientos mientras absorbía la imagen de Yannis sentado a la mesa dándole la espalda, bebiendo su café y leyendo el periódico.

Consideró la posibilidad de darse la vuelta y marcharse... siempre podía pedir que le llevaran algo al dormitorio. Estaba a punto de hacerlo cuando Yannis pareció presentir su presencia y miró hacia atrás. Fue sólo un segundo, pero la vio. El frío reconocimiento en sus ojos bastó para que lo supiera. Y Marietta sabía que, si desaparecía ahora, sería como si estuviera huyendo. Él ya la había acusado una vez de tener miedo. No le daría la oportunidad de que volviera a pensarlo.

Así que estiró los hombros y cruzó la terraza haciendo resonar los tacones de sus sandalias sobre las baldosas.

¿Por qué iba a tener que acobardarse y acercarse en silencio? No tenía nada de qué avergonzarse. Había cometido un error vergonzoso cuando no era más que una adolescente, lo había aceptado y había seguido con su vida.

—*Buongiorno* —dijo decidida a no hacerle ver

cuánto le hubiera gustado evitar otro encuentro con él tan pronto–. Es un día perfecto para una boda.

Y lo era. El cielo era de un azul infinito, y el sol proyectaba destellos de joya sobre el mar en calma.

Marietta le dio la espalda a la vista y se sentó frente a él. A pesar de su bravuconería, no se atrevía a mirarlo a los ojos, pero algo, curiosidad o mero impulso, la llevó a alzar la vista hacia él.

Debió haber imaginado que estaría mirándola.

Durante un instante, sus ojos se conectaron antes de que ella apartara la mirada y le pidiera a la doncella que acababa de entrar que le sirviera café.

–¿Has dormido bien? –le preguntó a Yannis. Tenía ganas de provocarle para que no supiera cuánto la perturbaba. Ella no había dormido bien.

Yannis cerró el periódico que estaba leyendo y se reclinó en la silla, colocándose las manos detrás de la cabeza.

–He dormido de maravilla.

–Excelente –dijo ella sonriendo con excesivo entusiasmo. Se sirvió un poco de miel en el yogur y declinó la oferta de las pastas y el pan–. He quedado con Sienna a las diez –dijo a modo de explicación, aunque nadie se la había pedido–. No tengo mucho tiempo.

–¿No sería mejor que tomaras un desayuno decente?

–¿Hay algo indecente en el yogur con miel? No me había dado cuenta.

Marietta se llevó la cuchara a la boca, consciente de que él estaba observando cada uno de sus movimientos.

Pues que mirara.

Abrió los labios y entrecerró los ojos antes de

abrir la boca del todo y chupar de la cuchara el cremoso yogur.

Desde luego, había algo indecente en su boca. Mientras la miraba, una pequeña mota de miel le corrió por el labio, una gota minúscula que brillaba como el oro bajo la luz del sol. Yannis tuvo que hacer un esfuerzo sobrehumano para quedarse en la silla y no limpiársela él mismo. Seguía mirándola hipnotizado cuando la punta de su rosa lengua emergió y le lamió los labios.

Era como si le hubiera lamido a él. Sintió una descarga eléctrica en dirección sur al recordar cuando lo hizo. Entonces era virgen, y le había saboreado con la lengua.

–Está bueno –dijo Marietta volviendo a meter la cuchara en el cuenco–. Tal vez deberías dejarte llevar tú también por esta indecencia.

–Yo ya he pedido mi desayuno –gruñó apartando la vista.

Yannis se levantó de la silla y se acercó el extremo de la terraza. Necesitaba espacio, mental y físicamente. En el nivel inferior, había una gigantesca piscina que llegaba hasta el acantilado y se mezclaba con el brillante mar que quedaba atrás, un mar que sólo quedaba interrumpido por alguna embarcación ocasional y aquella roca afilada y negra que se alzaba varios kilómetros más allá. En la distancia parecía una montaña, y algo que Rafe le había mencionado acabó con su resistencia a seguir hablando con aquella mujer.

–Dime, ¿es ahí donde se estrelló el helicóptero de Sienna?

Marietta siguió la dirección de su mirada y se estremeció a pesar del calor al recordar el día que llegó a Montvelatte y la emoción que sentía por conocer a la prometida de Rafe.

–Sí, en la Pirámide de Iseo. Así es.

–¿Qué ocurrió? Rafe me dijo que tuvo suerte de salir con vida. No quise presionarle para que me diera detalles.

Yannis no se dio la vuelta, siguió mirando hacia el mar, y ella se alegró. Los recuerdos de aquel día, del miedo a no saber si Sienna estaba viva o muerta y la expresión de angustia que había visto en los ojos de su hermano seguían recientes en su corazón.

–Aquel día se desencadenó una inusual tormenta de verano. Llevaba horas formándose en silencio, y cuando se desató, lo hizo con ferocidad. Sienna iba de pasajera en el helicóptero cuando un rayo cayó sobre la roca, asustando a los pájaros marinos, que salieron huyendo en todas direcciones. El piloto no tuvo forma de evitarlos. Uno de los pájaros atravesó la cabina y dejó inconsciente al piloto.

–¿Qué diablos estaba haciendo Sienna en un helicóptero en medio de una tormenta?

Marietta apartó la vista. Por supuesto, parecía una locura que alguien viajara en helicóptero con aquel clima, pero en aquel momento Sienna no tenía elección. Iba a casarse con un hombre al que amaba y que sin embargo se negaba a reconocer su amor por ella. Un hombre que sólo se dio cuenta de la verdad cuando ella se fue.

Pero ¿cómo explicarle el amor a un hombre como Yannis, que sólo sabía de ira?

Marietta se encogió de hombros.

–Sienna no tenía elección. Tenía que irse. Lo cierto es que el piloto tuvo suerte de que estuviera ella allí. Sienna se las arregló para controlar el helicóptero y consiguió aterrizarlo en una pequeña playa que hay al otro lado de la roca. No fue un aterrizaje suave, pero consiguió salvar la vida de ambos.

–¿Y Rafe estuvo todo el tiempo aquí en la isla?

Marietta sonrió levemente al recordar la tensión de aquellos momentos, la expresión de terror del rostro de su hermano cuando divisaron aquella fina columna de humo.

–Fueron unas horas muy duras para todos, pero especialmente para Rafe. Fue uno de los primeros en salir con el guardacostas, y estaba allí cuando encontraron el helicóptero y a Sienna dentro. Tenía heridas y arañazos, pero los bebés y ella estaban milagrosamente intactos. Sienna asegura que el hecho de que ella sobreviviera demuestra que la Bestia de Iseo está oficialmente muerta.

Yannis asintió y volvió a centrar la atención en el mar.

Recordaba vagamente la leyenda de la Bestia de Iseo, el monstruo de la roca que una vez al mes se levantaba, arrastrando las aguas que la rodeaban, hambriento de viajeros inesperados que se habían desviado de su ruta.

Resultaba curioso cómo a la gente le gustaba definir sus monstruos en función del calendario. Yannis había aprendido que la vida no era tan simple. La vida le había enseñado que los monstruos y los peligros estaban allí todos los días. No los dictaminaba el calendario. Más bien lo hacían las mujeres. Y en este caso concreto, la mujer que estaba ahora sentada detrás de él.

«Sólo un día», se prometió a sí mismo apretando los puños. Un día más y estaría lejos de allí. Lejos de ella.

–Parece que te has tomado muy en serio las costumbres de Montvelatte –dijo finalmente Yannis apartando la vista de la roca y sentándose frente a ella a regañadientes mientras servían el desayuno–. ¿Significa eso que vas a quedarte aquí ahora que eres princesa?

Marietta se rió, consciente de que se lo había preguntado en serio.

–Haces que parezca que ser princesa es una elección.

–¿Tienes algo mejor que hacer?

Ella le lanzó una mirada, pero Yannis no tenía los ojos puestos en ella. También sabía que cualquier respuesta que le diera sería inútil. Sin duda Yannis ya se había formado una opinión sobre ella.

–¿No sabías que soy diseñadora de joyas?

–¿Eso es un trabajo a tiempo completo?

Marietta decidió responder de otro modo.

–Mi compañero Xavier y yo estamos de hecho a punto de embarcarnos en una expansión mayor. Pronto vamos a abrir una galería y una sala de exposición y venta en Honolulú, y estamos muy emocionados. Así que gracias pero sí, tengo algo *más* que hacer.

¿*Xavier*? Yannis ignoró la corrección y se concentró en aquel elemento sorprendente. No se había dado cuenta de que tenía pareja, sobre todo dado su comentario de la noche anterior, cuando dijo que estaba muy ocupada. Estaba claro que no estaba *tan* ocupada. Pero eso no debería sorprenderle. Teniendo en cuenta la facilidad con la que se había ofrecido a él, seguramente habría encontrado a alguien dispuesto a aceptar sus encantos. Muchos «alguien», probablemente.

–¿Y dónde ese Xavier? ¿Por qué no ha venido contigo?

La expresión del rostro de Marietta le hizo ver que sus preguntas sonaban demasiado inquisidoras.

–Porque la inauguración es en menos de dos semanas. Y además, ¿por qué tendría que haberlo invitado?

–Tú eres la que ha dicho que es tu compañero.

Ella parpadeó lenta y pausadamente, y Yannis se arrepintió al instante de haber dado la impresión de que le importaba lo más mínimo. No era así, por supuesto; su único interés era boicotear su argumento.

–Xavier Delahunty –comenzó a decir Marietta tras aspirar con fuerza el aire–, es mi compañero *profesional*, y juntos poseemos Paua International, una joyería pequeña pero en crecimiento. Xavier se ocupa de la parte financiera mientras que yo soy la diseñadora jefe. Hemos estado trabajando en Auckland con diseños de plata y coral durante unos años, y poco a poco hemos ido incorporando perlas del pacífico.

»Cuando abramos la nueva galería en Honolulú –continuó–, vamos a lanzar la nueva colección. Si va bien, tenemos pensado expandirnos por Estados Unidos y Europa.

No había muchas cosas que pillaran a Yannis Markides por sorpresa. Ni mucha gente. Pero aquella mujer lo hizo, y no fue la primera vez.

–No sabía que trabajaras.

–¿No? Supongo que pensarías que he estado estos últimos años deambulando por ahí como una potencial princesa mientras tú amasabas tanto dinero que no tenías tiempo ni de respirar. ¿Por qué tanto empeño, Yannis? ¿Tanto te gusta el dinero que prefieres tener una fortuna antes que una esposa?

Cualquier atisbo de remordimiento que pudo haber sentido por haberla juzgado mal desapareció en el calor que se encendió dentro de él. Fue una oleada de resentimiento que trajo consigo una gran satisfacción. Aquello era precisamente lo que esperaba de alguien como ella.

Allí no había ninguna sorpresa en absoluto.

–Tal vez hubiera estado bien haber tenido la opción de escoger –respondió él.

Marietta lo miró con sus ojos de gata entornados, intentando descifrar el significado de aquel misterioso comentario. Parecía que iba a preguntar algo, pero en aquel momento apareció la doncella con más café, y Yannis se concentró en su desayuno, recordando de pronto que tenía hambre y ésa era la razón por la que estaba allí en la terraza. No para despertar viejas rencillas ni recordar cómo habían surgido. Estaba allí para saciar su hambre.

¡Y esa hambre no tenía nada que ver con Marietta!

Sienna estaba todavía disfrutando de su baño de espuma cuando Marietta llegó a su suite. Su doncella, Carmelina, estaba por ahí llevando toallas y atendiendo todas sus necesidades, y Marietta agradeció tener unos instantes para ordenar sus pensamientos. Encontrarse con Yannis en la terraza la había inquietado más de lo que pensó en el momento, dejándole las emociones a flor de piel. Porque Yannis parecía decidido a despreciarla, incluso a odiarla sin importar lo que ella dijera o hiciera, y todavía no sabía por qué. Hubiera hecho lo que hubiera hecho en el pasado, parecía decidido a sacar lo peor de ella ahora.

No era una mala persona, de eso estaba segura. Tampoco era perfecta, ni mucho menos, pero no entendía por qué Yannis la odiaba tanto. Se había metido en su cama. Se le había ofrecido. Había hecho el ridículo. Pero aparte de eso, ¿qué había hecho que resultara tan imperdonable?

Más le valía olvidarse de él. Mañana volvería a Hawái y se centraría en el lanzamiento de su nueva galería y en su vida y enterraría cualquier pensamiento sobre Yannis Markides.

Sienna salió del baño rodeada de un velo de vapor y una sonrisa radiante.

–Hoy me caso con Rafe –le dijo a Marietta, como si le costara trabajo creérselo.

El rostro de la futura cuñada de Marietta rebosaba amor cuando la abrazó. Y una vez más, la maravilla de ser testigo de un amor tan verdadero, un amor correspondido, la desarmó. Marietta sonrió y fue consciente de que su hermano era un hombre muy afortunado.

La música del órgano inundaba la antigua iglesia. Había cámaras emplazadas en lugares discretos, cubriendo todos los ángulos, dispuestas a retransmitir a todo el planeta las imágenes de la última boda real.

La boda era modesta para los estándares reales, pero los recientes acontecimientos del pequeño principado aseguraban la atención del mundo entero. Tras la caída en desgracia del antiguo príncipe y su familia, todo el mundo quería presenciar aquel cuento de hadas entre el príncipe bastardo y su novia que pilotaba helicópteros. Los medios se preguntaban abiertamente si aquella relación podría funcionar.

De pie al lado de Rafe, sintiendo sus nervios y su emoción, Yannis estaba convencido de que su amigo haría que funcionara. Rafe esperaba la aparición de la novia con las manos firmemente agarradas a la espalda y una fina línea de sudor apenas visible en la frente mientras sonreía y no dejaba de mirar hacia atrás. Aquélla era la primera vez en su vida que Yannis lo veía nervioso, y resultaba inquietante.

¿Sentiría él lo mismo si alguna vez llegaba a casarse?

¿Experimentaría aquella emoción que parecía haberse apoderado de su amigo? Lo dudaba. Lo más cercano que había estado él del matrimonio había formado parte de un acuerdo de negocios en el que no participaban los sentimientos. Y aunque aquella boda no se había producido, Yannis pensaba ahora que un matrimonio basado en principios económicos tenía mucho sentido. Eso sería lo que escogería ahora. Si tuviera interés, claro. Sonaba sencillo y mutuamente beneficioso.

Carente de emoción.

La música cambió entonces de pronto, el organista marcó la llegada de la novia.

–Preciosa –escuchó decir al novio. Yannis se giró y sintió un inesperado nudo en la garganta.

–Sí –se escuchó decir, consciente de que estaban hablando de diferentes mujeres. Una mirada a Sienna le había bastado para ver que estaba despampanante, con su cabello rojizo recogido en lo alto de la cabeza y el velo sujeto con una tiara mientras avanzaba sonriente hacia el hombre con el que iba a casarse. Pero fue la visión de Marietta la que retuvo su mirada. Iba delante de la novia por el pasillo, con un vestido parecido al de la novia pero en tela dorada que reflejaba en cada uno de sus movimientos los colores de la vidriera que Yannis tenía detrás, convirtiéndola en una obra de arte.

O más bien en una diosa. ¿Cuándo se había convertido la adolescente en una sirena? En una *seductora*. ¿Acaso no la había tentado por la mañana con la boca, aguijoneándolo con sus palabras, seduciéndole con su rosada lengua?

Y ahora se dirigía hacia él con los labios teñidos de color y los ojos ribeteados de negro, con un cuerpo que estaba hecho para el sexo. Un sexo que le puso una vez en bandeja. Y que él rechazó.

La lógica lo abandonó en aquellos instantes, cuando ella dio los últimos pasos hacia el altar. ¿Por qué la había rechazado? ¿Qué locura se había apoderado de él? Porque un hombre debía de estar loco para rechazar a una mujer así.

Marietta se acercó más clavando la mirada en todas partes menos en su dirección hasta que por fin los posó sobre los suyos y los mantuvo allí. Observó el temblor de sus profundidades azules y casi pudo leer las preguntas que se formaron allí. Entonces ella rompió el contacto visual y tragó saliva, girando la cabeza. Le dirigió una sonrisa benevolente a su hermano Rafe, a pesar de que él sólo tenía ojos para la mujer que iba detrás de ella. Una punzada de algo parecido a los celos se le clavó en las entrañas. Una reacción que no tenía sentido. Rafe era de su familia, su propio hermano. ¿Por qué no iba a sonreírle así? Pero seguía escociéndole cuando Marietta ocupó su lugar al otro lado, dejándole paso a Sienna. Yannis aprovechó el momento para serenarse un poco. No debería tener aquel efecto en él. Y sin embargo tenía el pulso acelerado.

Cuando Sienna se unió a Rafe en el altar, Yannis sólo tenía una cosa clara. Quería aquella sonrisa para él.

La quería a ella.

Trece años atrás había vislumbrado el paraíso, y entonces se le había denegado por las circunstancias, aunque la decisión hubiera sido suya. Y sin embargo, había pagado el precio como si realmente la hubiera tomado, y llevaba pagando el precio todos los días de su vida desde entonces. Un arduo esfuerzo para tratar de recuperar lo que había perdido. Lo que se había perdido porque ella se metió en su cama.

Aquella noche tenía la oportunidad de cobrarse lo que le pertenecía.

Aquella noche era su oportunidad de quedar empatados.

Y por Dios que la aprovecharía.

Capítulo 3

LA BODA fue larga, el banquete diez veces más suntuoso que la celebración de la noche anterior, y no importaba en qué punto del extenso salón se colocara en un intento de escapar, siempre era Yannis quien ocupaba su campo de visión.

Así había sido desde que avanzó por aquel pasillo. Había tratado de mirar a todos lados menos a él, hizo un esfuerzo por mantener los ojos en Rafe o en el grupo de dignatarios e invitados, pero una fuerza contra la que no podía luchar la había obligado a mirar hacia él, y lo que vio en sus ojos la había dejado conmocionada.

Seguía enfadado. Se veía en su postura, en la tensión de los hombros. Pero ahora había una nueva energía en sus ojos, un hambre que la asustaba por su intensidad. Un hambre dirigida directamente hacia ella.

Marietta se dio la vuelta y se dirigió hacia la mesa de refrescos. Sólo quedaban unas cuantas horas para que todo terminara, se dijo a sí misma mientras se servía un vaso de limonada fresca, disfrutando de la sensación de tener algo frío en la mano y deslizárselo después por la garganta.

Sentía todo el cuerpo en llamas. Pero dentro de unas cuantas horas, la boda habría terminado y ella podría dejar Montvelatte.

Echaría de menos a su hermano y a su esposa, que

ya era su amiga, pero al menos había pasado algún tiempo con ellos antes de la boda, un tiempo en el que por suerte no había estado Yannis ni su descarada desaprobación. Y en cualquier caso, dentro de pocos meses, cuando nacieran los gemelos de Sienna, volvería. Mientras tanto dejaría la isla sin la menor sombra de duda de que su hermano y su esposa eran almas gemelas.

Marietta dejó el vaso y alzó la vista cuando un viejo reloj dio la hora. Maldición. Había llegado el momento. Aspiró con fuerza el aire con una buena dosis de frustración. No estaba preparada para volver a bailar con él, no después de la noche anterior, pero menos todavía después de la mirada que había advertido en sus ojos cuando avanzaba por el pasillo.

No cuando le había hecho sentir cosas que no quería sentir.

¿Cómo era posible que le hiciera aquello, que le diera la vuelta a sus sentimientos con una sola mirada ardiente? Porque de algún modo había pasado de ser un hombre que la odiaba no sabía por qué a un hombre que enviaba mensajes con los ojos en una dirección completamente distinta.

¡Maldito fuera! ¿Por qué tenía que arrasarla por aquella montaña rusa emocional? Porque así era exactamente como se sentía. Era más fácil antes, cuando sus palabras lo habían molestado, despertando su resentimiento. Pero ahora la dinámica parecía haber cambiado. Ahora Marietta no sabía qué quería él, y eso no le gustaba.

Se apartó a un lado para ver si encontraba a Sienna por si necesitaba ayuda con el vestido con el maquillaje antes del obligado baile y los fotógrafos que lo acompañarían.

Pero quien apareció delante de ella fue Yannis.
—Te he estado buscando.
Marietta se detuvo. El corazón le latía con fuerza dentro del pecho. No quería saber por qué. Ya era demasiado con saber que Yannis la estaba buscando. Se llevó la mano al pecho para asegurarse de que su corazón seguía ahí dentro.
—Perdona. Tengo que ir a ver si Sienna necesita algo —hizo amago de pasar por delante de él, pero Yannis le puso la mano en el brazo con suavidad y al mismo tiempo firmeza.
—Sienna está perfectamente.
Ella miró hacia su mano con incredulidad y trató de zafarse, pero Yannis no se lo permitió.
—¿Qué crees que estás haciendo?
—Tengo una proposición que hacerte.
Marietta alzó la vista, desconcertada por la urgencia que acompañaba sus palabras, consciente de que aquello no podía terminar en nada bueno.
—No me interesa.
En algún punto detrás de Yannis comenzaron a sonar los acordes de la orquesta y la gente rompió a aplaudir cuando Rafe acompañó a su esposa a la pista de baile. Marietta lamentó haber estado tan concentrada tratando de evitar a Yannis que había abandonado sus obligaciones. Sintió cómo él le apretaba el brazo otra vez, ahora con más insistencia.
—Todavía no has oído de qué se trata.
—Pues dímelo, y luego te diré que no.
Yannis sonrió, sus dientes eran de un blanco deslumbrante sobre su piel aceitunada. En sus ojos brillaba algo oscuro.
—Primero vamos a bailar.
En cierto modo aquello tendría que haber resul-

tado más fácil. Lo habían hecho la noche anterior, habían estado el uno en brazos del otro fingiendo que eran una pareja. Habían batallado con los primeros y torpes pasos hasta que alcanzaron cierto ritmo.

Y sin embargo, no fue fácil. Desde el momento que Yannis la tomó entre sus brazos, Marietta sintió que algo había cambiado. La furia había desaparecido, dejando paso a una tensión ardiente que subrayaba cada movimiento, cada mirada. Ya no estaba tratando con un hombre que la odiaba. Ahora se enfrentaba a un hombre que quería algo de ella, que quería hacerle una proposición.

Y este hombre era una bestia muchísimo más peligrosa.

Marietta se endureció ante su contacto, repitiéndose que no la afectaba, pero resultó inútil. Podía sentir su deseo en cada roce de sus ropas. Y estaba convencida de que él podía sentir el suyo.

Yannis no dijo nada mientras bailaban, y sin embargo decía mucho sólo con la mirada, una mirada aterciopelada, y con el modo en que le deslizaba los dedos por la piel de la espalda.

Ninguno de los sentidos de Marietta estaba a salvo. Él la asediaba a todos los niveles. No podía mirarlo sin que aquella mirada oscura la desafiara, no podía respirar sin aspirar su aroma único. Lo sentía por todas partes.

En cuanto a su sentido común, hacía tiempo que había salido huyendo. Completamente vestida y en una sala llena de gente, en lo único que podía pensar era en aquel hombre. En aquel hombre y en cómo la hacía sentirse. Había borrado todos los demás pensamientos de su cabeza. No tenía sentido. ¿Acaso no la odiaba? Y sin embargo, en aquel instante le estaba haciendo sentirse como si le importara, como si fuera el epicentro de su existencia. Y después de trece años siendo consciente de cuánto resentimiento le guardaba, tras comprobarlo con sus propios ojos cuando se reencontraron la noche anterior y volver a sentirlo aquella mañana cuando le dirigió aquella mirada fría, aquel giro inesperado resultaba inexplicable. Increíble.

Lo que no explicaba por qué una parte de ella quería seguir agarrándose a aquella fantasía, una parte que creía dañada tras aquella noche salvaje de tantos años atrás pero que, extrañamente, seguía allí.

Había renunciado hacía mucho tiempo a fantasear con Yannis. Había seguido adelante con su trabajo y su vida. Y sin embargo ahora sentía como si no hubieran pasado los años y fuera de nuevo una adolescente enamorada.

Entonces se detuvieron, y Marietta parpadeó para volver a la realidad. En algún momento la pista de baile se había llenado, y estaban rodeados de parejas elegantemente vestidas que estaban esperando a que comenzara el siguiente baile. Había charlas y risas y el brillo de miles de quilates o más artísticamente distribuidos en cada muñeca, cuello y cabeza, y ella no se había dado cuenta de nada.

Dio un paso atrás, consciente de que no había hecho ningún amago de soltarse de sus brazos, y de pronto tuvo miedo. ¿Hasta qué punto le afectaba aquel hombre si no era capaz de darse cuenta de nada de lo que sucedía a su alrededor? Y peor todavía, ¿cómo se lo permitía, después de lo que le había hecho aquella vez?

El pánico se apoderó de ella, haciendo añicos lo que quedaba del encantamiento que Yannis había creado. Marietta no conocía la respuesta a sus pro-

pias preguntas. Lo único que sabía era que tenía que marcharse. Tenía que protegerse. Se dio la vuelta y abandonó la pista de baile a toda prisa para dirigirse a las puertas del balcón más cercano. Fuera tendría espacio, libertad y aire en abundancia, justo lo que necesitaba para librarse del mareo que la estaba afectando.
–¿Dónde vas?
–Necesito tomar el aire.
La terraza levemente iluminada era un mundo entre dos mundos. A un lado quedaba el resplandeciente salón de baile con sus candelabros de cristal, las luces doradas y los coloridos invitados bailando. Al otro lado bailaba la luna sobre el agua y brillaban las estrellas sobre la aterciopelada perfección de la noche.
Allí hacía más fresco, pero el aire de la noche le resultaba más agradable que el fuego que Yannis le había provocado en el vientre.
–¿Quieres que te traiga algo?
La había seguido, por supuesto. Tenía una proposición que hacerle, y ella había salido huyendo antes de que tuviera la oportunidad de hacérsela. Pero Marietta no se giró, no quería mirarle porque necesitaba ser capaz de pensar. Y además, temía que volviera a llevarla de regreso a aquel lugar donde el mundo desaparecía y nada más importaba. No le gustaba sentir eso. No sabía qué significaba. Y no pensaba volver a aquel sitio.
–Estoy bien –mintió.
–¿Seguro? Pareces...
–¿Cansada? –lo interrumpió Marietta avanzando por la terraza, perfectamente consciente de que él no iba a decir nada parecido–. Bueno, ha sido un día muy largo...

—No, cansada no —dijo Yannis siguiéndola—. Iba a decir que pareces asombrada. Incluso un poco impactada.

Marietta se rió sin ganas.

—¿Ah, sí? Supongo que me ha sorprendido que hayamos sido capaces de terminar un baile sin discutir.

—No creo que sea ésa la razón.

—¿Debería importarme lo que tú creas?

Una repentina brisa le alborotó el vestido, enredándole la tela por las piernas y llevando consigo el aroma a jazmín y a romero propio de la isla.

Y también el aroma del hombre que tenía al lado.

Marietta se estremeció, pero de dentro hacia fuera. ¿No había invadido ya lo suficiente sus sentidos? Ahora no tenía siquiera que mirarlo para sentir su impronta hasta el alma. No quería seguir en aquel terreno, quería regresar al trabajo. Volver a ser ella misma.

Y cuanto antes, mejor.

No tenía sentido estar allí fuera; su santuario se había ido al diablo. Marietta se dio la vuelta, rodeándole para no tener que mirarle.

—Debería entrar.

La mano de Yannis agarró la suya, impidiendo su huida.

—Sienna... —protestó ella.

—Está bien sin ti. Tiene a Rafe para ocuparse de ella.

—Pero de todas formas...

—No hemos hablado de mi proposición.

Marietta seguía sin mirarle, sólo sentía la presión de su mano en la suya, la suave caricia de su pulgar en el dorso.

—Ya te lo he dicho, la respuesta es no.

—Ni siquiera has escuchado de qué se trata.

Yannis continuó acariciándola con el pulgar, cada movimiento era como una llamada a su cuerpo, una invitación. Una promesa.

Marietta tragó saliva mientras miraba a las puertas abiertas de la sala de baile como si fueran un salvavidas, vio a los invitados que había dentro, escuchó el tintineo del cristal y las risas y supo que aquél era su mundo. Supo que aquél era el lugar al que pertenecía. Pero en aquel instante no tenía ni idea de cómo volver a él.

–Mírame –dijo Yannis guiándole la barbilla con la mano libre–. Mírame –repitió al ver que ella seguía con los ojos bajos.

Los alzó lentamente, sin muchas ganas, hasta que se encontraron con los suyos. Una sonrisa asomó a labios de Yannis, y de pronto pareció muchos años más joven, como el Yannis de su juventud.

–Así está mejor.

Incluso su tono de voz le llegaba hasta el alma. Las manos de Yannis le rodearon el cuello y le acarició el vello de la nuca, y Marietta se estremeció ante su contacto.

–Eres preciosa –le dijo.

Un fragmento de recuerdo se dibujó claramente en su cabeza. Los tres, Rafe, Yannis y ella en el último día de sus vacaciones de verano juntos en el sur de Francia, el verano en que ella cumplió dieciséis años. Habían montado a caballo por la playa y habían hecho un picnic en medio de un campo de amapolas salvajes, y Yannis y ella se habían tumbado en el suelo para contemplar el cielo mientras Rafe devolvía los caballos. Yannis se había incorporado mientras ella seguía tumbada boca arriba y le había colocado una flor detrás de la oreja.

—Eres preciosa —le había dicho mientras le pasaba la mano por el pelo e inclinaba la cabeza para besarla.

Marietta sintió una punzada en el pecho ante aquel recuerdo, algo que no entendía y que no quería analizar demasiado. Porque Yannis no significaba nada para ella. No era más que el recuerdo de unos sueños adolescentes hechos añicos con tal violencia que nunca volvería a cometer el mismo error.

Se echó hacia atrás.

—No puedes hacer esto.

—¿Qué no puedo hacer? —preguntó él negándose a dejarla marchar—. ¿Esto? —se llevó su mano a la boca, le dio la vuelta y le puso la boca en la palma. Caliente. Húmeda. Sus labios y su respiración entrelazados en una danza sensual convertida en danza erótica gracias a la lengua. Marietta se estremeció y contuvo el aliento cuando la punta de su lengua alcanzó rincones que no debía. Sintió en la palma su sonrisa de respuesta y vio cómo se apartaba lentamente.

—¿O esto?

Iba a besarla. Le había dado aviso con tiempo de sobra, suficiente para escapar o al menos girar la cabeza. ¿O ya no había tiempo? ¿No se había detenido en aquella terraza mágicamente iluminada?

No había tiempo, decidió cuando los labios de Yannis encontraron los suyos. Ni para pensar, ni para protestar ni para huir. No había tiempo para poner objeciones a la presión de su boca en la suya, a la persuasión de sus labios, el atractivo de su calor.

No había tiempo, sólo presente.

Un calor líquido se apoderó de sus venas, y cuando la boca de Yannis se fundió con la suya, el fuego la atravesó por completo. El beso se fue haciendo más profundo, más apasionado. Las manos de Yannis estaban en su espalda, en la parte de atrás de su cabeza, y podía sentirlo por todas partes. Aquello era demasiado para sus sentidos y al mismo tiempo no le bastaba, quería más.

Esperaba un beso. Lo estaba deseando. Pero nunca esperó algo así. Y en medio de la marea de sensualidad que se apoderó de ella, se le ocurrió pensar que tal vez alguien había cometido un gran error. Que era imposible encerrar en una insignificante palabra algo que engendraba sentimientos tan increíbles.

Aquello no era sólo un beso, era algo más profundo, lleno de ritmo y de vida. Y quería más.

Con la respiración tan agitada como la suya, Yannis le sujetó el rostro con las manos y la separó un tanto de sí.

–Haz el amor conmigo esta noche.

Y la palabra «más» adquirió un nuevo significado. A Marietta le latía con fuerza el corazón y sentía los labios en carne viva.

–Esto es una locura –aseguró, porque no podía decir que no aunque sabía que debía hacerlo, porque sabía que estaba loca al siquiera considerar decir que sí.

–Me deseas –afirmó Yannis–. Y yo te deseo desde que te vi anoche. Desde que te tomé entre mis brazos.

Ella sacudió la cabeza. El dolor de aquella noche de hace trece años se negaba a ser ignorado.

–Tuviste tu oportunidad. Me rechazaste.

–Eso fue hace mucho tiempo.

–Me odias.

–Te deseo.

–¡Y yo te odio a ti!

–¿De verdad? No me has besado como si me odiaras.

—Esto no tiene sentido.

—¿Quién necesita analizarlo? Lo único que sé es que te deseo. Esta noche —Yannis presionó los labios contra los suyos una vez más en poderoso recordatorio de lo que podría hacer, un eco de cómo podría hacerla sentirse—. Los dos nos marchamos mañana. Podemos irnos enfadados o satisfechos. Tú decides.

Marietta se mordió el labio inferior, hinchado por los besos.

—Una noche.

—Sólo una noche. Y luego seguiremos cada uno por nuestro camino.

—¿Ésa era tu proposición?

—¿Tienes alguna mejor?

Los dedos de Yannis le estaban haciendo algo detrás de las orejas, trazando círculos indolentes que le provocaban una oleada de sensaciones por dentro, acariciando sus dudas, calmando sus miedos.

—Pero el banquete…

—Después del banquete —dijo él apartando a un lado su patético intento de retrasarlo con la misma facilidad con la que le apartó un mechón de cabello de la frente—. Iré a tu habitación. Sólo una noche. ¿Trato hecho?

¿Cuántas noches había pasado ella despierta preguntándose?

¿Cuántas veces había imaginado cómo habría sido hacer el amor con él si no hubiera descubierto su identidad? ¿Qué sentiría al tenerlo dentro de ella? Recordaba la sensación de su presión… la loca e inevitable compulsión para que la llenara que había surgido quién sabía de dónde.

Pero eso no llegó a suceder, la echó de su dormitorio y la hizo sentir sucia. Vacía.

Y ahora le estaba ofreciendo una noche. Una noche para encontrar las respuestas a tantas preguntas. ¿Estaría lo suficientemente loca como para aceptar? ¿O tan loca como para rechazarlo? Si decía que no, tal vez se quedara con la cabeza muy alta, pero nunca llegaría a saberlo.

¿Valía la pena?

Todo su cuerpo bullía por la emoción, rincones secretos de su interior cobraron nueva vida. Rincones secretos que pronto dejarían de ser secretos. Y sí, la compulsión seguía allí, la necesidad de tenerlo dentro de ella.

Yannis la deseaba. Podía hacerlo suyo. ¿Qué había que decidir?

–Sí –susurró en la suave brisa de la noche.

–¿Qué has dicho?

–Sí –se escuchó repetir–. Trato hecho.

Entonces Yannis la estrechó entre sus brazos, apretándola completamente contra su cuerpo de modo que no quedara lugar a dudas sobre la urgencia de su deseo. Su boca chocó contra la suya en un beso duro y hambriento, demasiado corto pero no menos poderoso por ello. Marietta se quedó tambaleándose cuando terminó.

–Esta noche –dijo Yannis mientras la guiaba hacia la fiesta–. Espérame.

Capítulo 4

RESULTÓ imposible concentrarse después de aquello. La boda transcurrió en una neblina de conversaciones y protocolo, demasiado rápido para el gusto de Marietta y demasiado despacio al mismo tiempo. Yannis estuvo presente todo el rato, aguardando el momento oportuno y mirándola. Esperando. El brillo de sus ojos le demostraba su deseo, el contacto de su mano en el hombro y el mero roce de su mano en la suya encendían el cuerpo de Marietta con la promesa de mucho más.

Yannis le estaba haciendo saber de todas las maneras posibles que él también esperaba que terminara la boda y tener la oportunidad de quedarse a solas con ella. Y a pesar del miedo que sentía por acceder a acostarse con un hombre que parecía odiarla y estar cometiendo el mayor error de su vida, aquello no era suficiente para atajar la emoción que crecía en su interior como una bestia hambrienta.

Finalmente terminó la celebración de la boda. Los novios se despidieron de los invitados, que también se marcharon, incluida Marietta, que se sentía mareada mientras la bestia se revolvía en su interior, negándose a permitir que su cuerpo escapara del remolino de su mente.

Sola en su habitación, recorrió la alfombra arriba

y abajo. Debería estar agotada, pero la emoción se lo impedía.

Emoción y un creciente nerviosismo. Podían pasar horas hasta que el castillo se calmara, horas que tenía que llenar, y lo que le había parecido tan obvio en la terraza, tan lógico, ahora sentía como si amenazara todo lo que era importante para ella.

¡Una noche con Yannis! Para el caso era como si fuera a pasarla con el diablo. ¿No había estado los últimos trece años diciéndose que ya no le importaba? ¿Tratando de borrar hasta el último recuerdo de aquel hombre? Y ahora estaba esperando a que llamara a la puerta de su cuarto. ¿En qué estaba pensando?

Estaba pensando que lo deseaba y que ahora era su oportunidad. Su única oportunidad.

¿Y si terminaba mal otra vez? Ya no era una adolescente frágil, pero ¿cuánto tiempo tardaría esta vez en recuperarse? ¿Por qué le estaba dando una segunda oportunidad?

Frustrada por el lío que tenía en la cabeza, se dirigió al cuarto de baño, decidida a hacer algo más que dejar un surco en la alfombra. Pero quitarse el vestido dorado y la ropa interior sólo sirvió para que una nueva oleada de preguntas le demostrara una vez más que la lógica se le había escapado cuando accedió a aquel loco acuerdo.

Cuando se duchara, ¿qué se suponía que debía ponerse?

O para ser más concretos, ¿qué esperaría él? Seguramente no el pijama corto de algodón que solía ponerse para dormir.

Maldiciéndose a sí misma por su ingenuidad, permitió que el torrente de agua de la ducha le masajeara los hombros, tensos ante tantas preguntas sin respuesta. ¿Quién le aseguraba que Yannis fuera siquiera a aparecer? Se le había ocurrido aquel plan en un instante. ¿Y si cambiaba de opinión con la misma rapidez?

Entonces Marietta recordó la ardiente promesa de sus ojos cuando salieron del salón de baile y sintió su dedo pulgar recorriéndole el brazo cuando se separaron, y supo que Yannis no había cambiado de opinión. *Acudiría.*

El contenido de los espaciosos armarios de la suite le proporcionó cierta esperanza. Finalmente se decidió por un camisón de seda color crema de diseño sencillo sin ser remilgado que se ajustaba a su piel como un guante. Marietta se estremeció al pensar en los besos que iba a recibir, y los pechos y los pezones se le endurecieron. Se dio cuenta de que no podía permitir que la viera en aquel estado, así que se sacó una voluminosa bata del armario y se la puso apretando con fuerza el cinturón. Se sintió mejor al instante. No era ninguna seductora, sino más bien un cordero camino al matadero.

Dejándose caer sobre una silla, se quitó las horquillas del pelo y se lo cepilló con fuerza. Le dolía el cuero cabelludo, que protestó contra aquel abuso. Las cepilladas transformaron su melena en un velo rubio de electricidad estática. Se peinó con tanta fuerza que cuando llamaron a la puerta, casi no lo escuchó por encima del silbido del cepillo. Para cuando se giró, Yannis ya había entrado cuando ella se giró, emocionada al ver que había venido y temerosa de lo que iba a ocurrir a continuación, todo combinado con una oleada de adrenalina.

Yannis se quitó la corbata y se desabrochó los botones del cuello, pero su expresión no era en absoluto indiferente. Tenía las mandíbulas apretadas y le brillaban los ojos.

Era muy alto. Muy peligroso.

Sus labios se curvaron en una sonrisa sinuosa mientras se la bebía con la mirada.

–No has cerrado la puerta por dentro.

–¿Creías que había cambiado de opinión?

Yannis se detuvo antes de responder, tenía la mirada tan ávida que parecía dispuesto a devorarla.

–Ni hablar.

Entonces Marietta se puso de pie y se giró para mirarle. De pronto sentía las piernas muy débiles. ¿Cómo podía estar Yannis tan seguro cuando ella no lo estaba de sí misma?

Sentía el cepillo muy pesado en la mano. Sólido. Real. La otra mano tiraba nerviosamente del lazo de la cintura, y lamentó no haber pensado en atenuar las luces, aunque sólo fuera para ocultar el sonrojo de sus mejillas. Pero aunque estuviera nerviosa, no tenía que actuar de acuerdo a ello. Yannis no era el único que podía parecer profesional.

–Bien, entonces. Ya que estás aquí, supongo que podemos ponernos a ello.

Yannis cruzó el suelo con el silencio de un felino. Sus pasos largos se comieron la distancia que había entre ellos.

–¿Por qué tanta prisa, princesa? Tenemos toda la noche –le quitó el cepillo de la mano, dejándolo caer al suelo, y le pasó los dedos por el cabello–. Estabas preciosa hoy con el cabello recogido hacia arriba, pero así es mejor. Mucho mejor.

Le dio un beso en la coronilla, agarrándole el cabello por detrás de la cabeza de modo que Marietta no tuvo más remedio que alzar el rostro hacia él.

Se estremeció ante su contacto, fundiéndose en él a pesar de los nervios y de la fuerza con la que le latía el corazón.

–*Ise thea* –le dijo Yannis en griego–. Eres una diosa –descendió los labios hacia los suyos mientras ella suspiraba dentro del beso rindiéndose a él, encontrándose de nuevo en aquel lugar donde el mundo desaparecía y sólo estaba él.

Yannis le soltó despacio el cabello y deslizó las manos por su espalda, haciéndola ser más consciente que nunca de los contornos de su propio cuerpo. Sintió un tirón en la cintura… le había deshecho el nudo del cinturón. Sintió la repentina corriente de aire cuando Yannis abrió la bata.

Sus manos se deslizaron entonces por los hombros de Marietta, quitándole la bata hasta que la tuvo delante de él protegida únicamente por una fina capa de seda.

–Dios –gruñó Yannis girándola hacia el espejo–. ¿Tienes la menor idea de cómo eres? ¿De cómo me haces sentir?

Marietta contuvo el aliento al verse. La seda del camisón que había creído pudoroso era casi transparente y se le pegaba a la piel, sin ocultar nada de su cuerpo. Miró el rostro de Yannis en el espejo. Tenía la mirada ardiente, y ella se estremeció ante su intensidad.

–No puedes tener frío –murmuró él. Y Marietta tuvo que darle la razón aunque se sentía como un cordero recién nacido y expuesto a los elementos. No tenía frío. Ardía por sus besos, sus caricias, por su mera presencia.

Las manos de Yannis se deslizaron por la tela del camisón, un material tan fino que no suponía ninguna barrera para el ardiente deseo que acompañó sus caricias. Marietta tuvo que hacer un esfuerzo para recordar cómo se respiraba. Las manos de Yannis se deslizaron por sus costados, sus dedos le moldearon el cuerpo, subieron por su caja torácica y le sujetaron los senos. Ella contuvo el aliento, el cerebro dejó de funcionarle cuando se los cubrió y sus pulgares le acariciaron los pezones antes de darle con facilidad la vuelta para colocarla de cara a él, y resultó inmediatamente recompensando. Marietta ya estaba mareada, sentía bullir la sangre, su anterior nerviosismo había quedado olvidado, al igual que el miedo a que no la deseara.

Era Yannis el que la tumbó sobre la ancha cama. El que le apartó tiernamente el cabello de la frente antes de incorporarse para quitarse los zapatos y desabrocharse la camisa.

Su Yannis.

Entonces él se quitó la camisa, y Marietta hizo un esfuerzo por no gemir. Le siguieron los pantalones.

«Oh, Dios mío». Lo había visto desnudo con anterioridad, lo había visto excitado, pero eso fue trece años atrás. Ahora, a pesar de que todavía estaba en ropa interior, quedaba claro que el tiempo no había hecho más que mejorarlo.

Sus anchos hombros enmarcaban el pecho del que un nadador olímpico estaría orgulloso, firme y fuerte, de piel aceitunada cubierta de un suave vello que descendía en línea hacia la cintura y más abajo.

El deseo de Marietta se mezcló con el pánico. Si a él se le había dirigido la sangre hacia el sur, tal y como atestiguaba aquel bulto, la de ella había viajado al norte, hacia sus mejillas. Le ardía la piel y su cabeza le daba vueltas a la imposibilidad de la tarea que tenían delante. ¿En qué había estado pensando? Igual que la otra vez, no iba a encontrar la forma de acomodarse a Yannis…

Él escogió aquel preciso momento para quitarse la última prenda de ropa, y a Marietta se le quedó el aire retenido en la garganta. Lo que le pareció tan sencillo unas horas antes ahora le parecía misión imposible.

Debería decir algo. Quería decir algo. Pero tenía la lengua pegada al paladar y no era capaz de articular palabra. Y menos cuando Yannis se tumbó a su lado seduciéndole la boca con la suya. Y una vez más, la palabra «beso» se quedó corta.

Y también la palabra «magia. No podía definir el modo en que sus labios se movían sobre los suyos.

Tal vez funcionara. Quizá si seguía besándola así, tal vez no sintiera nada y él nunca lo sabría.

La mano de Yannis encontró su seno, sedoso y ardiente, y trabajaron juntos en perfecta y sensual armonía. Marietta arqueó la espalda en su palma. Quería más. Yannis se llenó la boca con su seno, deslizándole la lengua por el pezón tirante y enviando chispas de sensación hacia el centro de su cuerpo. Y sin embargo, ella quería más. Yannis le dio más con la boca, con la lengua, con su ardiente respiración. Pero ni siquiera eso era suficiente.

Marietta lo quería todo.

Entonces Yannis le puso las manos en los muslos, suaves como la seda, y sus sensuales movimientos lo fueron llevando inexorablemente a su objetivo final. Marietta volvió a asustarse.

Era un experto.

Un roce de sus manos le subió por las piernas.

Tenía mucha práctica.

La mano de Yannis le cubrió su montículo y ella

gimió. Sus dedos se acercaron peligrosamente al tirante conjunto de nervios, su fuerte erección se apoyaba contra la pierna de Marietta.

Ella era una inexperta.

Los dedos de Yannis descendieron más, y sus músculos internos se contrajeron involuntariamente. Él gimió en su boca, y Marietta supo que estaba sintiendo su humedad a través de las finas braguitas.

¡Era virgen!

Yannis apartó la boca el tiempo suficiente para que ella le hiciera la pregunta.

—¿Con cuántas mujeres has estado?

Él se quedó quieto un instante.

—¿Qué clase de pregunta es ésa?

Marietta respiraba agitadamente, le costaba trabajo hablar, pero tenía que saber hasta qué punto llegaba su disparidad.

—Tienes fama de donjuán.

Los dedos de Yannis se deslizaron por el borde de encaje de sus braguitas.

—Me gusta el sexo. ¿A quién no?

Marietta se retorció debajo de él apartándose, deseando tener una respuesta para su pregunta.

—Pero ¿cuántas? ¿Diez? ¿Veinte? ¿Lo sabes siquiera?

Las manos de Yannis detuvieron su exploración y alzó la vista para mirarla.

—Los hombres grecochipriotas tenemos fama de ser excelentes amantes. Una reputación que nos tomamos muy en serio. Te prometo que no quedarás decepcionada.

No se quedaría decepcionada... ¿cómo podría ser posible si no tenía nada con lo que compararlo? Pero ¿y él? ¿Se reiría cuando descubriera la verdad? Él, que había tenido amantes a mansalva durante aquellos años, y ella, con su patética lista de ni siquiera uno.

Una vez dicho lo que tenía que decir, Yannis le subió el bajo del camisón desnudándole el vientre y le lamió el ombligo con la lengua antes de llenárselo con su calor húmedo una y otra vez en gesto precursor del acto que iba a suceder. Marietta le acarició el pelo. Los pensamientos se le arremolinaban en la cabeza.

Oh, Dios, ¿por qué había pensado que aquello funcionaría? Las manos de Yannis le acariciaban la cintura, expandiéndose y deslizándose hacia el encaje de sus braguitas y tirando de la barrera final hasta que desapareció hasta el último vestigio de protección. Marietta deseaba volver a bajarse el camisón, quería ocultarse bajo las sábanas, pero sabía que, si lo hacía, Yannis descubriría la verdad, así que se quedó allí tumbada, expuesta a su mirada, temerosa del deseo que reflejaban sus ojos, del poder de aquella erección grande y orgullosa. Lo deseaba, pero tenía miedo.

—Eres preciosa —murmuró él cubriéndole los pies mientras se arrodillaba frente a ella. Aquellas manos se movieron hacia arriba mientras se insinuaba entre sus piernas. Marietta se dijo a sí misma que podía hacerlo. Las mujeres hacían aquello todo el tiempo. Seguro que no debía ser tan duro—. Preciosa —repitió Yannis trazándole ahora círculos rítmicos en los muslos—. Y esta vez será mucho mejor.

Marietta se puso rígida.

—¿A qué te refieres?

Yannis se colocó sobre ella con las manos a ambos lados, acariciándole el cuello con la boca.

—Sólo que ambos hemos crecido y tenemos más experiencia. Será mejor para los dos. Más fácil.

El hombro de Marietta se agitó bajo la boca de Yannis en señal de protesta. No sería más fácil, para ella no. Yannis esperaba que hubiera tenido más amantes para facilitarle el trabajo. Pero ¿tan difícil había sido aquella otra noche? ¿Era aquélla la razón por la que la había echado? ¿Porque era virgen?

–¿Qué resultaba tan difícil la otra vez?

Yannis levantó la cabeza, maldiciendo el impulso que lo había llevado a sacar el tema de aquella noche aciaga. ¿Qué esperaba Marietta que le dijera? ¿Que no había estado en condiciones de acostarse con ella aunque hubiera querido hacerlo? ¿Que estaba comprometido con otra mujer para sellar un trato económico? ¿Por qué habría de creerle? El matrimonio nunca se había celebrado.

Le rodeó uno de los pezones con los labios, jugueteando con la lengua antes de retirarla.

–Olvida lo que he dicho.

Pero Marietta ya se estaba incorporando en la cama, apartándose de él.

–No. Quiero saber qué era lo que lo hacía tan difícil. Dime, ¿por qué me echaste de tu dormitorio aquella noche? ¿Por qué de pronto te parece bien acostarte conmigo ahora, y entonces no?

Yannis se sentó sobre las rodillas y se pasó la mano por el pelo. El cerebro, invadido por el sexo, no le funcionaba bien. Ella se aprovechó de la situación y salió de la cama, bajándose el camisón y agarrándose a la bata como si fuera un salvavidas.

–¿A ti qué te parece? –le preguntó Yannis alzando una mano delante de él en gesto suplicante–. Eras la hermana pequeña de mi mejor amigo.

–¡Lo sigo siendo!

–Sólo tenías dieciséis años.

–Era suficientemente mayor como para saber lo que quería.
–¡Eras virgen!

Aquélla era la última respuesta que le hubiera gustado oír, porque era la que le indicaba lo loca que había estado al consentir en verse ahora en aquella situación.

–¿Ésa fue la razón por la que me echaste? ¿Porque era virgen?
–Marietta...
–Pero ahora te parece bien acostarte conmigo.
–Marietta, ¿qué es esto? No tiene ningún sentido.
–Tal vez no, pero para mí por fin sí lo tiene. No sé por qué pensé que habrías cambiado. Pero no es así, ¿verdad? Sólo importas tú y lo que tú deseas.

El rostro de Yannis se ensombreció. Sus oscuros ojos se entornaron mientras ella caminaba alrededor de la cama con los brazos cruzados sobre el pecho como un escudo.

Yannis se incorporó sobre un brazo y señaló con el otro su cuerpo desnudo que todavía mantenía la erección, aunque en menor grado. Quería que lo mirara, quería ver cómo abría los ojos de par en par.

–¡Tú también querías esto! Estabas deseando abrirte esta noche de piernas para mí. Te lo he olido.

Marietta mantuvo los ojos firmemente clavados en su rostro y le lanzó una mirada cargada de dardos envenenados.

–Tuviste tu oportunidad hace trece años y la desaprovechaste.

Yannis estaba perdiendo rápidamente la paciencia, al igual que la erección.

–¿A qué estás jugando? Teníamos un acuerdo para esta noche.

–¡He cambiado de opinión! Preferiría llegar a un acuerdo con el diablo. ¿Y qué si esto supone que mañana volverás a casa enfadado? Por lo que veo, llevas enfadado la mayor parte de tu vida. ¿Por qué debería importarme a mí?

Sto thiavolo! No había forma de razonar con aquella mujer. ¿Qué demonio se había apoderado de su cabeza para llevarle a pensar que acostarse con una mujer así le llevaría a otra cosa que no fuera el desastre?

–Ya he tenido suficiente –Yannis se levantó de la cama de un salto, recogió su ropa con los ojos echando chispas y clavados en los suyos. Entonces cayó en la cuenta de la única razón de aquella actitud–. Planeaste esto desde el principio, ¿verdad? –agarró la camisa y se metió el brazo en una de las mangas–. Planeaste vengarte de mí por algo que sucedió hace años, cuando eras prácticamente una niña.

–No recuerdo haberte pedido que te acostaras conmigo esta noche.

–No recuerdo que dijeras que no. Has visto esto como tu patética oportunidad de vengarte y te has agarrado a ella con las dos manos. Y por eso me has hecho todas esas preguntas... cuántas amantes he tenido y todo eso. Estabas buscando la manera de justificar tu mezquina actitud.

–Estás loco.

–¿Ah, sí? Pero tú lo has hecho muy bien, ¿verdad? Esperaste justo hasta el final. No bastaba con clavar la daga, tenías que retorcerla también.

A Marietta le tembló ligeramente la barbilla y se le tiñeron las mejillas de rosa. Luego echó la cabeza hacia atrás y tragó saliva.

–Si eso es lo que quieres creer, adelante.

Yannis metió los pies en los zapatos, todavía calientes, y la miró con los labios curvados en gesto de desdén mientras observaba su cabello revuelto y sus labios hinchados. Rezó en silencio para agradecer ese atisbo de sentido común que lo había devuelto del borde de la locura.

–Dijiste que yo no había cambiado, pero la verdad es que tú sigues siendo la misma. Sigues con tus juegos de adolescente.

–Ya te lo he dicho, puedes creer lo que quieras.

–Oh, no te preocupes, lo haré.

Nunca se había sentido tan bien dando un portazo. Yannis se dirigió hacia su suite, el viejo castillo crujía a su alrededor en medio de la noche, los tapices se pegaban a los muros, las cortinas se agitaban a su paso.

Era una fresca. Nada más que una fresca. Había estado todo el día seduciéndole con sus palabras y sus actos. Aquélla era la mujer cuya boca y cuya lengua lo habían llevado al límite por una gota de miel. La mujer que le había pedido aquella mañana si quería disfrutar de algo indecente. Y él había caído en sus garras como un ingenuo. Estaba deseando salir de la isla y no volver a verla.

Capítulo 5

MARIETTA había hecho la maleta y estaba preparada antes de las seis, aunque el helicóptero que iba a llevarla a Roma para subirse al vuelo que la llevaría a Honolulú no llegaría hasta dentro de unas horas.

Tomó el desayuno en su habitación, decidida a no encontrarse con Yannis antes de marcharse, y se quedó mirando con tristeza por la ventana, viendo cómo los pájaros marinos daban vueltas alrededor de los acantilados y envidiando su facilidad para salir volando.

Hacía un día precioso. Más tarde haría calor, cuando el sol hiciera sentir su presencia, pero por el momento la mañana se presentaba clara y fresca, con una ligera brisa. El tiempo invitaba a salir. Le esperaba un vuelo largo, iba a hacer transbordo en Kuala Lumpur para dirigirse a Honolulú. Debería aprovechar la oportunidad de estirar las piernas mientras pudiera. Sienna le había enseñado dónde estaba el camino del acantilado, y se dirigió hacia él rodeando la resplandeciente piscina antes de llegar al sendero que había entre arbustos bajos y flores que llevaba a la cima del acantilado.

Subió por el serpenteante camino que llevaba a la ciudad de Velatte y al bullicioso puerto que quedaba debajo. Contempló zarpar y entrar a los ferries y aspiró el aire perfumado y dulce, y luego regresó al castillo. Había hecho lo correcto. Las horas que había pasado dando vueltas en la oscuridad la habían convencido de ello. No podía haberle permitido que se quedara, no podía haber dejado que le hiciera el amor. No habría podido soportar que descubriera la verdad... y lo habría hecho. Habría sido humillante.

Era mejor que pensara que sólo había querido buscar venganza. Eso era mejor que admitir que había algo raro en ella, que era una especie de bicho raro.

A medio camino estaba el antiguo trono hecho de roca. El frío granito se calentaba bajo los rayos del sol matinal. Marietta consultó su reloj, vio que todavía era temprano y se acomodó en aquel asiento desgastado por el tiempo que daba al mar, acariciando distraídamente la suave textura de piedra mientras observaba cómo un ferry desaparecía en la distancia.

Veintinueve años y todavía virgen. ¿Por qué no podría haberlo hecho al menos una vez? Había tenido novios. No había llevado precisamente una vida de monja. Y en sus clases de diseño había al menos un par de tipos que no eran gays y que no tenían novia. Podría haberse acostado perfectamente con alguno de ellos. Tuvo suficientes invitaciones, fiestas de sobra acompañadas de vino barato y música suave.

Podría haberse dejado llevar. Pero ¿qué habría significado eso?

Nada más que sexo. Ella había querido siempre algo más que sexo. Se rió mientras miraba hacia el mar y observaba la eterna nube de pájaros marinos que coronaba la cima de la Pirámide de Iseo. Rafe la había acusado siempre de ser una romántica. Amor y sexo. Sexo y amor. ¿Tan difícil era tener las dos cosas juntas?

Además, tampoco tenía pensado seguir siendo virgen hasta la madura edad de veintinueve años. Sencillamente, había sucedido así. Si por ella hubiera sido, no habría sido virgen al cumplir los diecisiete.

Una seductora fracasada a los dieciséis. Una amante fallida a los veintinueve. Por el camino que iba, seguiría siendo virgen a los veintinueve. ¿Qué dirían las revistas y los periódicos al respecto? *La princesa Marietta, la virgen eterna.* Y teniendo en cuenta la cantidad de artículos que había sobre aventuras amorosas entre la realeza y los famosos, lo realmente novedoso sería que alguien hubiera logrado permanecer virgen durante tanto tiempo.

La piedra le calentó los vaqueros y la piel de debajo, recordándole otro calor diferente. Y sobre todo, aquel deseo incómodo. Y a pesar de saber que había hecho lo correcto al echar la noche anterior a Yannis, una parte de ella deseaba que las cosas hubieran sido distintas, que hubieran hecho el amor para poner fin a aquel interminable deseo.

¿Qué decía eso sobre su espíritu romántico? La noche anterior no estaba preocupada por el amor, sino por el sexo. Era pura lujuria animal.

Había escogido al hombre menos adecuado para la lujuria.

El ferry había desaparecido hacía rato. El mar azul se había tragado su estela de espuma cuando Marietta se levantó por fin. Empezaba a hacer calor, y sin un sombrero podría quemarse. Ésa era la maldición de la piel blanca que había heredado de su madre. Con eso podía vivir. Pero le gustaría no haber heredado también la maldición del fracaso amoroso de su madre. ¿Qué les pasaba, por qué tenían que enamorarse las dos del hombre equivocado? Su madre de un príncipe que ya tenía un heredero legítimo y no necesitaba que ninguna otra mujer diera a luz un hijo bastardo, y ella, que había dejado que un amor adolescente y sus ideas románticas manejaran su vida.

Ya estaba regresando cuando vio a un hombre corriendo hacia ella, llamándola. Iba seguido por un grupo de guardias de palacio. Marietta entornó los ojos para protegerse del sol. ¿Sebastiano? Pero ¿por qué? ¿Qué estaba sucediendo?

–¿Qué ocurre? –le preguntó cuando lo tuvo lo suficientemente cerca como para que pudiera oírlo. La mayor parte de los guardias pasaron por delante de ella, rumbo hacia el sendero. Sólo cuatro se quedaron con el ayuda de campo de su hermano.

Sebastiano se detuvo y se llevó la mano al pecho mientras respiraba agitadamente intentando recuperar el aliento.

–Princesa Marietta –jadeó–. El príncipe Raphael estaba preocupadísimo buscándote. Debes volver al castillo de inmediato.

–Pero ¿por qué? –preguntó ella mientras el hombre se daba la vuelta para dirigirse a la aparente seguridad del viejo castillo–. ¿Qué ha pasado?

–El príncipe te dará los detalles en cuanto estemos a salvo entre los muros del castillo.

–¿A salvo? ¿De qué estás hablando?

–Debes darte prisa, princesa.

–¿No puedes decirme por qué?

–Por favor –insistió Sebastiano–. Debes apresurarte. Puede que aquí fuera estés en peligro.

Para sus nervios fue horrible volver a ver a Yannis. El corazón, que ya le latía con fuerza, le dio un vuelco cuando entró en la biblioteca. Porque él estaba allí de pie al lado de la ventana cuando ella entró, con los brazos cruzados y las facciones inescrutables bajo el haz de luz que había detrás. Pero no tenía que verle la cara, podía sentir su ira en su postura.

—¿Dónde estabas? —su voz resonó por la habitación—. Todo el palacio te ha estado buscando.

Marietta se cruzó de brazos y luchó contra el impulso de darse la vuelta y volver a salir por donde había entrado.

—Siento haberos preocupado. Salí a dar un paseo. No caí en que tenía que haber pedido permiso —y entonces, como se dio cuenta de que había sonado algo maleducada, atemperó el ataque—. En cualquier caso, ¿qué está pasando? Sebastiano dijo que hay algún tipo de peligro.

—Yannis sólo estaba preocupado por ti, igual que todos los demás —la voz de su hermano cortó la tensión de la habitación.

Y ella enfocó la mirada para ajustarse al interior. Yannis había sido la primera persona que vio, tal vez porque estaba al lado de la ventana. Pero ahora se dio cuenta de que su hermano y su esposa estaban también allí, sentados juntos en un sofá bajo. Sienna tenía las manos entrelazadas con las de su marido.

Marietta cayó en la cuenta de la injusticia. Fuera lo que fuera lo que estuviera ocurriendo, el peligro que hubiera, había interferido en su luna de miel. No era justo.

Rafe alzó una de las manos de Sienna y le besó el dorso antes de volver a ponérselas en el regazo y levantarse.

—No estabas en tu habitación. Todos estábamos preocupados.

—Salí a dar un paseo —dijo Marietta con voz pausada ahora que no le gritaban—. No quería preocuparos. No sabía que...

—Ya lo sé.

—¿Qué está ocurriendo? ¿De qué clase de amenaza estamos hablando?

—Marietta —su hermano la tomó del brazo y la llevó a sentarse en una silla al lado del sofá. Yannis se cernía sobre ella por detrás.

—Seguramente no sea nada. Nada en absoluto. Pero tenemos que tomárnoslo en serio.

—¿A qué te refieres?

Su hermano aspiró con fuerza el aire mientras escogía sus palabras. Su expresión era solemne y triste.

—Ha habido una amenaza contra la familia real —se detuvo un segundo antes de continuar—. Una amenaza de muerte.

Se hizo un largo silencio mientras las motas de polvo bailaban sobre los rayos del sol y el suelo que pisaba parecía inclinarse.

—¿Una amenaza de muerte?

—¡Y tú fuera, subiendo a la cima del acantilado! ¿En qué diablos estabas pensando? —exclamó Yannis.

—¡Yo no lo sabía! —se defendió Marietta.

A su lado, Rafe le tomó la mano.

—Marietta, nadie te está culpando. Pero tenemos que tener cuidado. Seguramente sea una falsa alarma, pero hasta que las autoridades lo confirmen, todos debemos tener cuidado.

—Se supone que tengo que irme hoy.

—Lo sé —asintió su hermano—. Sebastiano y yo hemos hablado de ello y creemos que es lo mejor.

—Pero no puedo dejaros ahora —se quedó mirando

a su hermano y a su cuñada–. ¿Cómo voy a irme sabiendo que estáis en peligro? No es justo.

–Parece que se trata del último y desesperado intento de uno de los antiguos compinches del príncipe para desestabilizar el nuevo régimen –dijo Rafe–. Estoy seguro de que no pasará nada.

–Y mientras tanto, ¿esperas que me marche?

–Tenemos que continuar con nuestra vida como si nada, aunque con más seguridad –afirmó Rafe–. Nosotros tenemos la guardia de palacio para protegernos.

–No me gusta dejaros aquí.

–No tiene por qué gustarte.

La voz grave de Yannis fue una intrusión desagradable en sus pensamientos. Aquélla era la familia de Marietta.

–¿Qué tienes tú que ver con esto? –le espetó ella.

–Todo. Ya se ha decidido.

–¿Qué se ha decidido? –preguntó Marietta mirando a su hermano–. ¿De qué está hablando?

–Es la única manera. Vas a ir a Honolulú como estaba planeado –dijo Rafe–, y no tienes por qué temer por tu seguridad. Yannis va a ir contigo.

El susto la dejó sin aire en los pulmones. ¿Había dicho su hermano lo que le había parecido, o lo había imaginado? En cualquier caso, era su peor pesadilla. En cualquier caso, no iba a suceder. La lógica le dijo que debía de haber entendido mal. Yannis no accedería a acompañarla a Honolulú bajo ningún concepto. Había dejado muy claro que no quería volver a saber nada de ella jamás. Sin duda le pondría a Rafe las cosas claras.

Pero Yannis permaneció como estaba, sombrío y en silencio y sin abrir la boca.

—Debe de haber un error –dijo Marietta cuando vio que nadie iba a acudir en su rescate.

—No hay ningún error –le escuchó decir a Yannis con su tono más implacable–. Voy a ir contigo.

—¡No necesito niñera! –protestó ella–. Tú mismo has dicho que probablemente sea una falsa alarma.

—Necesitas protección hasta que nos aseguremos. En caso contrario no podrás irte.

—Entonces manda a Sebastiano. ¡O encuentra a alguien más! Seguro que en este palacio tiene que haber algún guarda al que le apetezca irse de vacaciones a Hawái.

—Yannis es la opción más lógica. Aparte de su entrenamiento en el ejército griego, ha trabajado para clientes nuestros en Hawái. Conoce Honolulú al dedillo. Y confío en él. No podrías estar en mejores manos.

A Marietta no le cabía duda sobre la forma física de Yannis, no había más que ver sus músculos, pero eso no significaba que tuviera que aceptarlo como guardaespaldas.

—Seguro que Yannis tiene cosas más importantes de las que ocuparse. ¿No está a cargo de todas las operaciones de Estados Unidos?

—Que yo sepa, Hawái es parte de Estados Unidos –intervino Yannis.

Aquello no tenía sentido. Cualquiera pensaría que quería asumir el encargo. Y eso era imposible. Marietta sacudió la cabeza.

—No quiero ir con él –dijo aclarándolo al instante–, no quiero esto. Es innecesario.

—Sé que esto es un impacto para ti –aseguró su hermano–, pero ya no puedes viajar sola. Ahora eres una princesa, y aunque no hubiera amenazas de seguridad, habría paparazis por todas partes. Nuestra vida ha cambiado, hermanita.

–Tengo un hotel reservado en Honolulú –afirmó ella agarrándose a lo que podía–. Les diré que me alojen en la suite del ático. Bastará con la seguridad del hotel. No hay necesidad de molestar a Yannis. Es pedirle demasiado.

–Yannis ya ha accedido.

–¡Pero voy a estar allí al menos seis meses, hasta que el estudio de diseño arranque!

–Yannis sólo se quedará mientras haya riesgo de amenaza. Quién sabe, todo esto puede terminar en cuestión de semanas, o quizá de días.

Pero Marietta sabía que aunque sólo fueran unos días, se le haría demasiado largo. La perspectiva de pasar semanas en su compañía hizo que se le cayera el alma a los pies.

–Por favor, Marietta –intervino su cuñada–, queremos estar seguros de que vas a estar a salvo. Y Rafe confía en él más que en nadie.

–Lo sé –respondió ella en voz baja, consciente de que nunca se encontraría a salvo cerca de aquel hombre. Yannis sacudía sus mismísimos cimientos, ponía a prueba su cuerpo y su alma.

Yannis salió entonces a ultimar los detalles. Sentía una bola de ira por las protestas de Marietta. ¿Acaso pensaba que él quería hacer esto, cuidar de la mujer que lo había seducido hasta que estuvo a un centímetro de entrar en ella para luego fingir que había cambiado de opinión?

Su idea era salir de allí aquel mismo día. Volver a su despacho, al mundo de las finanzas, a seguir ganando dinero para sacar a su familia de la pesadilla en la que les había metido aquella mujer. Una mujer que había jugado con él dos veces. ¿Y se suponía que ahora tenía que cuidar de ella? Nadie podría haberle pedido algo así. Excepto Rafe.

Le había pedido que la mantuviera a salvo. Resultaba divertido, porque lo único que Yannis quería era estrangularla. La única ventaja que iba a sacar de aquella situación era que ella pensara que estaba a salvo.

Ahora era la oportunidad de Yannis. Le haría pagar su engaño.

Capítulo 6

SIENNA la llamó cuando Marietta se dirigía de nuevo a su habitación, sintiéndose enferma del corazón y con el ánimo por los suelos. Forzó una sonrisa cuando la otra mujer se puso a su altura y le preguntó si podía hablar con ella. El pasillo terminaba en un gran ventanal con zona de asientos para contemplar la vista del mar turquesa, y Sienna la sentó a su lado en el sofá.

–¿Estás bien? –le preguntó con tono de preocupación–. Te he visto muy inflexible.

–Lo siento –dijo ella contrita por el modo en que se había puesto cuando lo único que querían era garantizar su seguridad–. Es que me ha pillado un poco por sorpresa.

–Lo sé. Ha sido un gran impacto para todos nosotros, aunque por desgracia parece que esas amenazas a la seguridad están a la orden del día.

Las palabras de su cuñada, tan sinceras y auténticas, hicieron que se sintiera más culpable que nunca. La mujer de su hermano estaba embarazada de gemelos, nacerían en unos cuantos meses, y tenía que estar aterrada. No llevaba ni un día entero como princesa y ya estaban amenazando a su familia.

Y mientras tanto, Marietta estaba más preocupada por tener que pasar un tiempo con Yannis que por el auténtico problema. Tomó las manos de Sienna entre las suyas, horrorizada por su egoísmo.

–Odio tener que dejarte en estas circunstancias. ¿Vas a estar bien?

A Sienna se le iluminaron los ojos y esbozó una sonrisa radiante.

–Tengo a Rafe para que cuide de mí. Tal vez resulte extraño, pero nunca me he sentido tan segura. Mi sitio está a su lado –Sienna entornó los ojos–. ¿Tú estarás bien con Yannis?

La pregunta la pilló por sorpresa, y sintió cómo se le subían los colores.

–Por supuesto –aseguró con falso entusiasmo–. ¿Por qué no iba a estarlo?

Sienna no parecía convencida. Sacudió la cabeza.

–Esto es culpa mía. Ya sé que me dijiste que te trataba como a la hermana pequeña de Rafe, pero anoche... bueno, alguien os vio juntos en la terraza.

–Oh, eso fue después del baile –se apresuró a explicar Marietta–. Necesitaba tomar el aire.

–Entonces, ¿no le besaste?

Marietta maldijo en silencio. Por supuesto, alguien podría haberlos visto. Y por supuesto, la noticia había corrido como la pólvora.

–Fue sólo un beso –dijo encogiéndose de hombros y mintiendo–. Por los viejos tiempos.

–Lo siento, Marietta, creí que sería la solución perfecta. Cuando Rafe sugirió a Yannis, lo apoyé al cien por cien. Nunca lo habría hecho de haber sabido...

–No pasa nada, de verdad –dijo Marietta. No podía culpar a Sienna en absoluto, ella era la que se había dejado besar por Yannis en público.

–Sí, claro que pasa. Parecéis muy enfadados el

uno con el otro. Al principio creí que él estaba preocupado porque no te encontrábamos. Se puso histérico cuando descubrimos que no estabas en tu habitación. Pero hay algo más, ¿verdad? ¿Ocurrió algo anoche?

¿Yannis histérico? Aquello era una novedad. Creí que estaría más bien aliviado por su marcha.

–Lo de anoche fue un malentendido, eso es todo –le dijo a Sienna–. Los dos nos arrepentimos.

–Pero ahora vais a ir a Hawái juntos –su cuñada parecía verdaderamente angustiada–. Me siento una estúpida. Y pensar que confiaba en que...

Marietta se puso tensa.

–¿En qué confiabas?

–En nada –respondió Sienna sacudiendo la cabeza–. Tonterías románticas. Pero cuando supe que habíais estado los dos en la terraza, pensé que sería maravilloso que hubierais congeniado después de tanto tiempo sin veros.

Marietta sonrió sin ganas. ¿Qué pensaría su cuñada si supiera que el modo en que habían congeniado la noche anterior implicaba una noche de sexo y la promesa de no volver a verse?

–Eso es muy romántico, pero yo no tengo planes de boda, y Yannis es un reputado soltero.

–Pero una vez estuvo comprometido, ¿verdad?

–¿Yannis? –Marietta negó con la cabeza–. No que yo sepa. A menos que fuera recientemente.

–No, Rafe me contó que fue hace mucho, cuando tenían veintipocos años –Sienna se encogió de hombros–. No importa. Sólo quería asegurarme de que estabas bien.

Marietta le apretó las manos.

–Estaré perfectamente –aseguró con una convicción que no sentía–. Todo va a estar bien.

No lo estaba. Se encontraron en el helicóptero. Ya habían guardado las maletas y el piloto estaba dispuesto para partir. El sol brillaba con fuerza por encima, y la atmósfera estaba fría y congelada por debajo. Al menos así era en el espacio que rodeaba a Marietta y a Yannis.

No quería mirarla. Marietta se había dado cuenta en los escasos momentos en los que su mirada se cruzaba. Tenía las mandíbulas apretadas mientras daba órdenes, y los ojos ocultos tras unas gafas negras que no ocultaban el resentimiento que sentía.

Aquél no era el escape que Marietta tenía en mente cuando soñaba con huir de Montvelatte. Se frotó los brazos desnudos cuando el helicóptero se elevó y dio la vuelta antes de sobrevolar por el mar azul. Aquello era una escapada al purgatorio. En un mundo en el que el cielo parecía demasiado lejano, y el infierno, demasiado cercano.

Sin embargo, compuso una sonrisa mientras se despedía con la mano de Sienna y Rafe, que estaban flanqueados por los guardias de palacio. Cuando los perdió de vista, Marietta se reclinó en su asiento mientras el helicóptero enfilaba hacia el avión que los esperaba para llevarlos a Hawái. Se suponía que en medio de toda nube había un rayo de esperanza, o eso decían. Ella sólo tendría que esperar a que se hiciera evidente.

La elegante casa blanca parecía más bien una mansión que se alzaba entre las palmeras, y que disimulaba su tamaño al estar semioculta entre la vegetación. La limusina esperaba con el motor parado mientras las gigantescas puertas electrónicas se abrían despacio.

–Habría estado muy contenta con la suite que había reservado. No había necesidad de cancelarla.
–Un hotel es un espacio abierto al público. Allí no habrías estado a salvo.

Marietta miró por la ventana hacia la enorme mansión con escasa convicción. Seguía pensando que una habitación de hotel habría bastado, igual que un coche de tamaño normal en lugar de aquella limusina. Pero no había conseguido convencerle de su argumento, así que no tenía sentido intentarlo con esto.

Más le valía guardarse las fuerzas para las batallas venideras, porque sin duda las habría.

Marietta parpadeó. Estaba agotada tras tantas horas de aire acondicionado y el cambio horario. La primera clase hacía más cómodos los vuelos internacionales, sin duda, pero el tiempo de viaje era el mismo. Tras más de un día de tránsito, Sienna estaba deseando bajarse del avión. Al hacerlo, la humedad la golpeó como un ladrillo.

Frente a ella estaba sentado Yannis con sus largas piernas estiradas. Parecía sentirse cómodo, se había quitado la chaqueta y se había remangado la camisa... otra razón para no mirarle, así que Marietta apartó la cabeza y se fijó en el paisaje.

El coche subió por un camino pavimentado bordeado de arbustos. La casa se alzaba ante ellos. Ahora que estaba cerca pudo admirar sus verdaderas dimensiones. Tenía dos plantas y un gigantesco pórtico bajo el que se detuvo el coche. Las altas temperaturas estaban atenuadas por los jardines y la suave brisa del mar. El aire olía a esencias tropicales. El sonido del mar animó a Marietta a seguir caminando hasta que su brillo verde azulado la detuvo sobre sus pasos.

La casa tenía una fachada entera que daba al mar. El

césped primorosamente cuidado daba a una franja de palmeras detrás de las cuales había una playa en todo su esplendor que se extendía en la distancia. A lo lejos se veían los edificios de los hoteles de la abarrotada playa de Waikiki, pero donde ella estaba no había señal de gente. Era una playa privada, vacía y sin estropear.

Siguiendo un impulso, se quitó el bolso y los zapatos para sentir el calor de la arena bajo los pies.

—¿Qué estás haciendo? —gritó la voz de Yannis a su espalda.

Ella levantó la mano para tranquilizarlo sin molestarse siquiera en darse la vuelta. ¿No resultaba obvio lo que estaba haciendo?

El agua le subió a los pies, mojándoselos con delicioso frescor antes de hundirlos más profundamente en la arena. Marietta suspiró. Se sentía de maravilla. Permaneció en la orilla levantándose un poco la falda. Tal vez podría ir a buscar el traje de baño y regresar. Al día siguiente se reuniría con Xavier para ver cómo iba la galería. Había mucho que hacer durante las próximas dos semanas antes de la inauguración, así que tal vez no tendría más oportunidades de disfrutar de placeres tan sencillos.

La siguiente ola la pilló por sorpresa y le llegó hasta las rodillas. Marietta se rió y dio un salto hacia atrás, chocando contra el duro cuerpo de Yannis.

Entró en pánico y se apartó tambaleándose debido al impacto eléctrico del contacto. Unas manos en los brazos impidieron que se cayera con la siguiente ola y la sacaron del agua espumosa, aunque no pudieron salvarle la falda. La ola le dio de lleno y la empapó. La fina tela se le pegó a las piernas.

—¿Qué crees que estás haciendo? —le regañó Yannis cuando estuvo relativamente estable de nuevo.

Ella se zafó de sus manos.

–Divertirme –le espetó haciendo un esfuerzo para recuperar el aliento–. Tal vez deberías intentarlo alguna vez tú.

–Estás empapada. Se supone que tengo que cuidar de ti.

Ella suspiró y se quedó mirando fijamente la playa vacía.

–Ya me secaré. Escucha, Yannis, soy consciente de que te estás tomando muy en serio tu labor de cuidarme y te lo agradezco de verdad, pero ¿te parece que corro algún peligro aquí?

El único peligro era que le disparara a él la presión sanguínea. La falda mojada se le ajustaba de un modo que debería ser ilegal, marcándole las largas y perfectas piernas que Yannis tenía tan cerca. Su entrepierna se estiró ante aquel pensamiento.

Los felinos ojos de Marietta brillaban desafiantes. Tenía los pies firmemente plantados en la arena, el reto estaba claro. Se iría de allí cuando quisiera, y no antes. De acuerdo. La dejaría allí para que se mojara toda la ropa como una niña y mientras seleccionaría una habitación para ella dentro de la casa, preferiblemente lo más lejos posible de él.

Había una gran cantidad de trabajo pendiente. Marietta trató de echarle la culpa de su decepción al cambio horario y a lo poco que había dormido de noche, pero nada podía disimular el hecho de que la tienda de la elegante Avenida Kalakaua que pronto sería la sede de Paua International distaba mucho de estar preparada. Además, la lista de invitados importantes que habían aceptado la invitación para la inauguración era muy corta, y necesitaban garantizarse suficiente cobertura de la prensa como para triunfar.

Lo único que evitaba que cayera en la depresión era que Xavier, su socio, ya se estaba revolcando en el fango de la autocompasión, y allí no había sitio para los dos.

—Entonces, ¿el contratista dice que estarán preparados?

Xavier asintió con escaso convencimiento.

—Dijo que *deberían* estarlo.

La fachada de la tienda parecía haber sufrido un bombardeo. Había zonas sin terminar y agujeros en las paredes de los que salían ramos de cables eléctricos. En menos de una semana se suponía que debían celebrar una inauguración para doscientos invitados y mostrar joyas valoradas en millones en unos exhibidores que hasta el momento no existían.

Era poco probable que sucedieran ninguna de las dos cosas, y mucho menos las dos.

—¿Por qué la gente no confirma su asistencia? —preguntó Marietta mirando la lista, demasiado corta para un evento que contaba con buena prensa—. ¿Qué está ocurriendo? Hemos comprobado la fecha varias veces. No se celebra nada más importante esa noche en Honolulú. ¿Cómo vamos a hacer una inauguración si nadie viene?

Xavier parecía muy pequeño en la escasa luz de la tienda, antes incluso de que dejara caer los hombros.

—Duke Kame-aloha es la clave. Al parecer nadie mueve un dedo sin su consentimiento.

A Marietta le sonaba el nombre de aquel surfero hawaiano convertido en cantante y después en político, aunque no lo conocía en persona. Carismático, de piel café y popular hasta límites insospechados, convertía un acto político en un concierto de rock cada vez que aparecía. Tenían que conseguirlo.

—¿Cómo podemos asegurarnos de que venga?

—No lo sé –admitió Xavier, que de pronto parecía más frágil y mayor de sus cincuenta años–. Pero a menos que lo consigamos, podemos pedirles a los obreros que no se molesten en terminar la obra de la tienda.

Marietta le puso la mano en el brazo. Xavier había invertido todo lo que tenía en el lanzamiento de aquella nueva operación, y ella lo había apoyado. Si no salía bien, se vendría abajo. No había vuelta atrás. La inauguración tenía que ser un éxito.

—No hará falta. Va a ser un éxito, ya verás. La tienda será el mayor acontecimiento de Honolulú desde el «Hula-hoop».

Su débil intento humorístico fue completamente inútil. Xavier se limitó a fruncir el ceño con la frente marcada por un gesto de preocupación.

Capítulo 7

LOS SIGUIENTES días bastaron para hacerle dudar a Marietta de sus propias palabras. Las confirmaciones seguían llegando con cuentagotas, y a aquellas alturas parecía que no tendrían que preocuparse siguiera del catering. ¿Cóctel para doscientos en una reunión de apenas veinte personas? Ciertamente exagerado.

Llamó muchas veces a la oficina de Duke pidiendo hablar con él, pero siempre recibía la misma respuesta: «Se pondrá en contacto con usted».

Nunca lo hizo.

Los días iban transcurriendo sin novedades, excepto el creciente nivel de estrés. Todo resultaba muy frustrante. La reforma avanzaba muy despacio, los encargados del catering esperaban ansiosos la cifra final, y para rematar, recibió una llamada de Auckland informándole de que la mitad de las joyas que se iban a mostrar en la inauguración estaban retenidas en la aduana.

Tampoco ayudaba el hecho de que, cada vez que se daba la vuelta, se encontrara con Yannis. Observando lo que hacía, comprobando con quién hablaba y, generalmente, interponiéndose en su camino. No se trataba de que se sintiera en peligro y necesitara un guardaespaldas. No había habido ni un solo peligro desde que llegaron, ni recibieron noticias de Montvelatte sugiriendo que las amenazas fueran reales. Y sin embargo, Yannis seguía allí como una sombra oscura. Observando. Esperando.

Era muy triste no poder moverse sin que él preguntar a dónde iba y qué iba a hacer. Con razón a Marietta le dolía le cabeza y le costaba trabajo dormir.

Salió de la sala de consulta del médico con una receta en la mano y se encontró con que Yannis la estaba esperando.

–No tienes que seguirme a todas partes, ¿sabes? –le dijo cuando salieron de la clínica.

–Se supone que tengo que cuidar de ti –respondió él–. ¿Cómo voy a hacerlo si intentas escabullirte todo el tiempo?

–¡Estamos a la vuelta de la esquina de la galería! No estoy intentando desmarcarme.

–Bien –dijo Yannis abriendo la puerta de la limusina para que ella entrara–. Porque no serviría de nada. No llegarías muy lejos.

–¿Eso es una amenaza?

Yannis le lanzó una mirada que ni las gafas oscuras pudieron disimular.

–Considéralo una promesa.

Condujo el coche en medio del tráfico matinal y se dirigió de regreso hacia Kahala. La frustración se apoderó de Marietta.

–¿No te aburre hacer esto?

–Nunca me aburro conduciendo –como para demostrarlo, cambió de marcha para ir más suave.

–Sabes que no me refiero a eso. Se supone que tendrías que estar lejos de aquí, salvando al mundo de un desastre financiero, y no atrapado en Hawái protegiéndome de algo que seguramente nunca vaya a ocurrir.

–¿Quién ha dicho que no va a ocurrir?

–No creerás que hay nada de cierto tras esa amenaza, ¿verdad?

–Lo que yo crea no importa. Esto es lo que tu hermano me ha pedido que haga, y eso es lo que estoy haciendo.

–¿Y si te pido que te vayas?

–Daría igual. Resulta que le tengo un gran respeto a tu hermano, princesa. No voy a dejarle tirado.

–¿Y lo que yo quiera no importa?

Hubo una pequeña pausa antes de que Yannis girara la cabeza hacia ella.

–¿Qué es lo que tú quieres, princesa?

El viento le alborotaba el cabello de un modo que despertaba en ella deseos de acariciárselo. De pronto no podía pensar en nada más.

–Quiero… quiero que te vayas.

–Oh, tengo pensado hacerlo –respondió él–. En cuanto reciba instrucciones de Montvelatte diciendo que puedo.

Marietta se recostó en el asiento de cuero con la moral por los suelos. Se llevó la mano a la cabeza, que no dejaba de dolerle, y bajó la ventanilla. Tal vez lo que necesitara fuera un poco de aire fresco.

Yannis la miró.

–¿Qué es lo que tienes? ¿Qué ha dicho el médico?

–Por extraño que parezca, dice que estoy estresada. No puedo imaginar por qué. Me ha recetado pastillas para dormir.

–Buena idea –aseguró Yannis–. Te vendrá bien dormir. Últimamente tienes mal aspecto.

−¿Por qué no dices lo que de verdad estás pensando?
−Estaba diciendo que...
−Entonces no, ¿de acuerdo? No lo hagas.

Marietta estaba deseando que el coche se detuviera en la entrada. Quería escapar del confinamiento del vehículo. Por supuesto que tenía mal aspecto. Pero no le importaba lo que Yannis pensara, lo único que quería era escapar a algún lugar que no estuviera contaminado por su presencia.

Él la siguió hasta la puerta de entrada, donde Marietta ya estaba rebuscando en el bolso para encontrar las llaves.

−Permíteme −le dijo Yannis introduciendo la llave en la cerradura y abriéndole la puerta.

Ella lo dejó allí y se dirigió a la cocina. Dejó el bolso y se sirvió un vaso de agua.

−Eso hará que te sientas mejor.

−¿Ahora eres médico? −le espetó Marietta dándose la vuelta−. Vaya, tienes muchos títulos: salvador financiero del universo, guardaespaldas, y ahora médico. ¿Hay algo que no sepas hacer?

−Cocinar −admitió Yannis−. Pero puedo pedir algo. ¿Qué te apetece?

−Nada. No tengo hambre.

−Tienes que comer algo.

−¿Y ahora eres mi madre?

Él torció el gesto mientras se apoyaba contra la encimera de mármol.

−Estás alterada. Tal vez deberías irte a la cama.

−Y tú deberías ocuparte de tus propios asuntos y dejarme en paz.

Yannis suspiró.

−Marietta, deberías tomarte la pastilla y meterte en la cama.

–¿Por qué debería hacer lo que tú me mandas?
–¡Porque es lo que te dijo el médico! Yo no soy más que el mensajero. Vamos, sé una niña buena.
Los ojos de Marietta echaban chispas.
–No soy una niña. Deja de tratarme como tal.
–¡Pues no actúes como si lo fueras!
Ella se apartó, sus palabras le escocían, pero se dio cuenta de que tenía razón. Se estaba comportando como una niña, pero ¿qué esperaba?
¿Cómo actuar cuando la arrogancia de Yannis la estaba volviendo loca? Era como si aquel hombre sacara lo peor de ella. ¿Por qué otra razón lo había besado si no aquella noche en la terraza?
Todavía furiosa, Marietta se cruzó de brazos y se giró hacia él, preparada para moderar la voz y parecerse más a una adulta.
–Mira, yo no pedí quedarme encerrada aquí contigo.
–De acuerdo. Yo tampoco quiero. Pero es lo que nos toca, así que vamos a intentar estar bien. Y ahora tómate esa maldita pastilla y vete a dormir.
Ella abrió la boca para decir algo, y Yannis inclinó la cabeza esperando la siguiente descarga, pero Marietta se lo pensó mejor.
–De acuerdo –dijo antes de lanzar su mordaz comentario de despedida–. Dulces sueños.

¿Dulces sueños? Lo dudaba mucho, sobre todo después de haber recibido el correo electrónico de Sebastiano que acababa con su esperanza de poder desentenderse del cuidado de la princesa.
Se había recibido una segunda amenaza, esta vez una carta hecha con letras recortadas de periódicos y

revistas con los nombres de las personas que estaban en peligro. El nombre de Marietta aparecía en la lista, junto con los de su hermano y su esposa.

Cuando menos lo esperéis, estaré acechando entre las sombras..., decía el mensaje.

Había sombras de sobra en el jardín, y Yannis empezó a preguntarse si habría hecho bien escogiendo aquella casa. Sí, estaba aislada, pero esa misma intimidad podía acoger a un intruso. Lo primero que haría por la mañana sería poner otro guarda en la puerta y disponer seguridad también en la playa para evitar que nadie pudiera entrar por ninguna dirección.

Tras comprobar dos veces todas las puertas y ventanas de la casa, tardó una eternidad en poder dormirse, y luego lo hizo a retazos. No conseguía dormir profundamente, sólo eran cabezadas breves plagadas de imágenes de una mujer rubia que no tenía derecho a invadir su mente.

Lo estaba volviendo loco. ¿De verdad pensaba que era ella la que llevaba la peor parte? Yannis daría cualquier cosa con tal de estar de regreso en su despacho de Nueva York, nadando entre los tiburones de empresa en la piscina financiera. Sabía cómo funcionaban los tiburones. Saber cómo funcionaba Marietta era algo completamente distinto e imposible.

Un sonido lo despertó de su duermevela. Al menos parecía un sonido. Se quedó allí tumbado en la oscuridad sintiendo un escalofrío en la nuca y con todos los sentidos en alerta máxima mientras agudizaba el oído para ver si se repetía. Fuera se escuchaba el viento azotando el bosque de palmeras alineadas en la orilla y el constante vaivén de las olas. No era ninguno de aquellos dos sonidos el que lo había despertado, había sido un ruido interior. Cuando volvió a escucharlo estaba preparado, y sus oídos distinguieron una especie de rasguño tras otro, como si alguien estuviera tratando de moverse en silencio por la oscuridad.

Sto thiavolo! ¿Y si alguien había entrado en la casa? Rafe nunca le perdonaría si algo le ocurriese a su hermana mientras estaba bajo su cuidado.

Se levantó de la cama en silencio y se dirigió a la puerta, abriéndola sin hacer ruido para poder mirar en la profunda oscuridad. Algo se movió. Una sombra en la penumbra. Yannis apretó la espalda contra la pared y avanzó, dirigiéndose en silencio hacia el salón. Escuchó el sonido de un armario al abrirse y después al cerrarse. Sus pensamientos dieron un giro. Si alguien iba detrás de la princesa, se dirigiría hacia los dormitorios. Pero parecía como si estuvieran buscando algo. ¿Sería un ladrón común? Era posible.

Encontró al intruso en la cocina. Era una sombra oscura que en aquel momento no se movía. Yannis tenía ya la mano en el interruptor de la luz y la ventaja era suya.

–¿Qué estás haciendo? –encendió las luces y se acercó, decidido a cortar cualquier vía de escape, cuando la reconoció.

Ella se dio la vuelta conteniendo el aliento, dejó caer el vaso que tenía en la mano y su contenido se lanzó en arco por la habitación. Yannis se acercó corriendo, pero no lo suficiente como para capturar el vaso. El agua fría le mojó los pantalones del pijama y el vaso cayó sin ninguna ceremonia sobre sus pies antes de rodar sin romperse por el suelo de baldosa.

Marietta gimió y se llevó la mano al pecho. Fue su única concesión al arrepentimiento antes de que sus ojos se endurecieran como el cristal.

–¿Qué diablos crees que estoy haciendo? Sólo quería un vaso de agua. ¿A qué estás jugando? Me has dado un susto de muerte.

Yannis se agachó, recogió el vaso y lo colocó sobre la encimera con fuerza.

–Se supone que tendrías que estar dormida.
–Lo mismo digo.
–No soy yo quien tenía que tomarse una pastilla para dormir.

Marietta alzó la barbilla. Dos puntos rojos le teñían las mejillas.

–Pues tal vez deberías haberlo hecho. Así podría haber disfrutado de un vaso de agua sin llevarme semejante susto.

–Podrías haber dejado más claro que eras tú.
–Por supuesto que era yo. Y déjame que te diga que estoy harta de no poder moverme sin que me estés vigilando. No puedo ir a una cita con el médico, no puedo servirme un simple vaso de agua sin que tú metas las narices donde nadie te lo ha pedido.

Yannis contuvo un gruñido.

–Deberías haberte tomado esa maldita pastilla.
–¿Y perderme el espectáculo nocturno? –Marietta se giró para sacar otro vaso del armario y abrió el grifo para llenarlo–. Ni hablar.

Tendría que haber seguido discutiendo con él. No debió haberse dado nunca la vuelta. Porque ahora Yannis no podía centrarse en su atrevida boca. Se veía abocado a fijarse en la vista de su espalda y en aquel minúsculo trozo de tela de lunares rosas que sin duda ella consideraría un pijama. ¿Se metería en la cama llevando aquello? Para el caso era como si no llevara nada puesto.

Yannis tragó saliva, sentía la boca muy seca de

pronto. El húmedo pijama se le apretó contra la piel, y el calor que sentía se transformó en furia.

¡Maldita Marietta! Estaba haciéndole lo mismo otra vez. No estaba en la cama desnuda ofreciéndose, pero para el caso era lo mismo. ¿Qué hombre razonable no se tomaría una visión así como una invitación?

Pero aunque hubiera podido acercarse a ella y tomarla allí mismo con la facilidad con la que el agua se deslizaba por su cuello desnudo, no le daría aquella satisfacción, y menos después de su último y poco satisfactorio encuentro.

Lo que hizo fue agarrarla del brazo para darle la vuelta.

–¿A qué diablos estás jugando?

Marietta había contado hasta veinte. Dos veces. Llegó hasta setenta y seguía sin poder borrar la visión de Yannis con su piel de aceituna, el pecho desnudo y los pantalones del pijama colgados de las caderas. Aquello habría bastado para congelarle el cerebro y dejarla sin voz, pero la imagen de Yannis con aquella tela húmeda pegada a su cuerpo era algo que no podría olvidar jamás por mucho que contara.

Entonces él le dio la vuelta y convirtió en inútiles todos sus intentos de olvidar. Lo que antes era un cuerpo desnudo bajo una tela húmeda era ahora un cuerpo desnudo muy excitado bajo una tela húmeda. Marietta contuvo el aliento y sujetó con más fuerza el vaso esta vez mientras su mente trataba de encontrar el sentido común.

–¿A qué estoy jugando? –preguntó con voz demasiado ronca–. Creí que estaba yendo a por un vaso de agua. Y sin embargo parece que he desencadenado sin darme cuenta la Tercera Guerra Mundial. No estamos muy lejos de Pearl Harbour, ¿verdad?

Yannis recorrió la estancia dando vuelvas como un león enjaulado.

–Ya sabes a qué me refiero. No cometo dos veces el mismo error. No estoy tan loco como para intentar volver a acostarme contigo.

Marietta abrió los ojos de par en par y dejó el vaso, porque sabía que tras semejante declaración no sería capaz de sostenerlo.

–Vaya, esto es muy interesante, porque no recuerdo habértelo pedido.

–¿Ah, no? –Yannis se acercó lo suficiente como para colocarse justo delante de ella y le puso una mano en la camiseta del pijama mientras la miraba con ojos acusadores–. Entonces, ¿cómo llamas a esto?

Le deslizó un dedo bajo el fino tirante de la camiseta, y el repentino roce electrizante de su dedo le despertó la piel a la vida. Marietta se apartó todo lo lejos que pudo con la esperanza de que aquel movimiento disimulara el temblor que le había producido su contacto.

¡Maldita fuera la arrogancia de aquel hombre! ¡Ni que él llevara mucha ropa puesta encima!

–Se llama pijama. Así que déjame que adivine cómo llamas tú a lo que llevas puesto –Marietta bajó la mirada y al instante se arrepintió de haberlo hecho. Allí donde antes la tela de los pantalones del pijama se ajustaba, ahora se había estirado y la evidencia de su erección resultaba indiscutible.

Marietta contuvo el aliento y volvió a mirarle a la cara, sintiéndose de pronto mareada por la confusión. Y entonces vio el deseo reflejado también en sus ojos. Un brillo iluminaba sus oscuras profundidades y tenía una sonrisa depredadora en los labios. Marietta supo de pronto que, fuera lo que fuera a lo que estaban jugando, alguien había cambiado las reglas cuando ella no miraba.

Yannis dejó caer la mano en la banqueta que ella tenía al lado, y Marietta se sobresaltó.

–¿Qué… qué estás haciendo? –susurró–. ¿Te paseas por la casa casi desnudo y tienes el valor de preguntarme a mí?

Yannis estaba desnudo. Tan cerca que podía distinguir cada pestaña de sus ojos oscuros. Tan cerca que su aroma la envolvía. Se humedeció los labios, secos por el calor que desprendía la mirada de Yannis.

Y seguía sin saber qué quería él.

–Lo siento –dijo con los ojos clavados en su boca, en aquellos labios que se cernían a escasos centímetros–. No sé en qué estaba pensando.

–No estabas pensando –aseguró Yannis.

Él tampoco. Debería marcharse. Debería dejar que ella se fuera. Sabía que era una seductora, que se le daba muy bien el juego de avanzar y retroceder, que era capaz de tentar a un hombre y enfriarlo hasta los huesos un segundo después.

Pero en aquel momento aquello no importaba. En aquel momento Marietta estaba allí, prácticamente desnuda en la cocina, y él podía oler el deseo entre ellos. Le resultaba imposible moverse.

–¿Por qué no te has tomado la maldita pastilla?

Ella seguía mirándole la boca. Se pasó la punta de la lengua por el labio.

–No me gusta tomar drogas para dormir –su voz resultaba algo jadeante–. Quería intentarlo primero de forma natural.

–Pero no lo has conseguido.

–No.

Marietta se quedó sin voz, y el tiempo pareció detenerse entre ellos. A Yannis le latía el corazón en los oídos, era un sonido primitivo y salvaje que provocó que la sangre le bullera en las venas hasta que su erección se desató, exigiendo una decisión.

–No volveré a cometer el mismo error –prometió.

Yannis estaba ahora tan cerca de su boca que hubiera podido jurar que no había oído nada, que había leído las palabras en sus labios.

Gruñó mientras deslizaba los labios por los suyos. Resultaba dulce. Tan dulce que le sabía a azúcar.

–No –dijo, consciente de que él no sería responsable de sus acciones si ella lo hacía.

Yannis no era responsable de sus acciones ahora. Marietta lo estaba atando con tanta fuerza que no podía respirar, no podía pensar con claridad bajo el peso de las fuerzas opuestas que se habían apoderado de él. El deseo de venganza todavía estaba muy presente, la necesidad de hacerle pagar por lo que había hecho tantos años atrás y por lo que le había negado tras prometérselo el día de la boda.

Y sin embargo, la deseaba como a nadie en el mundo. Se moría por entrar en ella y alimentar la bestia que llevaba en su interior.

Pero se suponía que tenía que protegerla.

Había surgido otra amenaza contra la familia real. El peligro había aumentado, y allí estaba él, actuando como un escolar tentado por la carne.

Si no se hubiera recibido aquella segunda amenaza; si todo fuera una falsa alarma, podría tomarla allí mismo y ahora, y al diablo con las consecuencias. Pero se suponía que debía protegerla. ¿Y cómo iba a hacerlo si no era capaz de protegerse a sí mismo de los efectos que provocaba en él?

Con la respiración pesada, reunió todas las fuerzas que pudo y las utilizó para levantarse y cruzar la cocina.

–No –repitió–. ¡Asegúrate de no volver a cometer el mismo error!

Capítulo 8

EL DESAYUNO de la mañana siguiente resultó insoportable. Marietta trató de mantenerse alejada de su camino, pero daba la impresión de que cada vez que se movía por la casa o se daba la vuelta en la cocina, Yannis estuviera allí, oscuro y silencioso, rozándole la mano en la puerta de la nevera y dejando claro con su lenguaje corporal que le hacían tan poca gracia aquellos encuentros como a ella.

Marietta no quería pensar en él en la cocina, y mucho menos encontrarse con él ahí después de la noche anterior. Se había tomado media pastilla para dormir cuando volvió a su dormitorio, pero no había conseguido evitar las constantes repeticiones en su cabeza de lo que había sucedido... y de lo que *no* había sucedido.

Yannis evitaba mirarla a los ojos, y ella también, y ambos consiguieron meterse en el coche sin haberse dicho ni una sola palabra.

Pero cuando estaban esperando a que se abriera la puerta de entrada, Marietta sintió la necesidad de hablar.

–Hay dos guardias –dijo.

–Así es. Y otro más en la parte de la playa.

Ella frunció el ceño mientras el coche salía a la abarrotada carretera.

–Pero ¿por qué? No hemos tenido ningún problema… –se detuvo, y la sangre se le enfrió en las venas a pesar del calor de los rayos del sol que se filtraban por la ventana–. Ha sucedido algo, ¿verdad? Algo que no me has contado.

Yannis la miró por primera vez aquella mañana.

–Rafe y Sienna están bien, si eso es lo que te preocupa.

Marietta dejó escapar un aire que no sabía que estuviera reteniendo. Al menos podía relajarse en ese sentido. Pero Yannis no le había contado todo.

–Hay algo más, ¿verdad?

Él asintió y volvió a mirar hacia la carretera mientras se abría camino a través del tráfico de la hora punta.

–Se ha recibido una segunda amenaza.

La noticia de que Rafe y Sienna estaban a salvo le proporcionó un gran alivio, pero el hecho de que hubiera una segunda amenaza supuso una tremenda desilusión. El peligro no había disminuido, había aumentado para todos. Y para ella la decepción era más profunda, porque ahora no cabía la posibilidad de que Yannis desapareciera a corto plazo de su vida. ¿Cuánto tiempo más podrían seguir viviendo así, caminando de puntillas el uno alrededor del otro, resentidos y al mismo tiempo maldecidos por una atracción que no podía llevar a nada?

Yannis podría haberla poseído la noche anterior en la cocina, allí mismo, encima de la banqueta que había al lado del fregadero. Podría haberla tomado y ella no habría movido un dedo para impedírselo. Yannis estaba furioso con ella y sin embargo, en medio de su enemistad, había encontrado la manera de hacer que lo deseara.

Era una locura, pero de alguna manera, aquel hombre transformaba su lógica en lujuria, y su determinación de resistirse a él en deseo. Si no hubiera sido porque Yannis recuperó algo de sentido en el último momento la noche anterior, podría haber sucedido cualquier cosa.

Ella lo habría permitido.

Lo miró, preocupada por el nuevo pensamiento que se había alojado de forma incómoda en su mente.

−¿Cuándo supiste lo de la última amenaza?
−¿Importa eso?
−Anoche creías que yo era alguien que había entrado, ¿verdad?

Yannis se encogió de hombros.

−Se suponía que tenías que estar durmiendo.
−Creí que sólo estabas espiándome. Te acusé de meter las narices donde no te llamaban.

Él volvió a encogerse de hombros.

−No pasó nada. ¿Por qué no lo dejamos estar?

Pero Marietta no podía. Había dado por hecho que la estaba espiando. De hecho, desde el principio se había negado a tomarse en serio el papel de Yannis como su protector... después de todo, se suponía que la amenaza no era real, ¿verdad?

Pero Yannis sin duda se tomaba su trabajo muy en serio. Y cuando se recibió aquella segunda amenaza, no dudó en investigar cuando escuchó ruidos extraños.

¿Y si se hubiera tratado de un intruso? Marietta se estremeció. Yannis le había dado un susto de muerte, y no le cabía la menor duda de que haría lo mismo y más con cualquier intruso. Una sola mirada a ese pecho musculoso y cualquiera que hubiera cometido la locura de entrar estaría buscando la salida.

En realidad no era tan malo para una chica que alguien como Yannis la estuviera cuidando. Sintió un escalofrío. Tenía que decir algo al respecto.

–Estaba equivocada –aseguró–. Lo siento.

–Olvídalo –respondió él.

–No, lo digo en serio. Me he portado fatal desde que accediste a venir aquí.

–Marietta –dijo Yannis apartando esta vez los ojos de la carretera el tiempo suficiente como para mirarla–. Le dije a Rafe que cuidaría de ti y lo haré. Sólo estaba haciendo mi trabajo.

Yannis vio el destello de sus ojos justo antes de que ella volviera a apoyarse en el respaldo y apartara la vista. Se arrepintió de haber sido tan brusco. Pero era la verdad. Por el momento, Marietta era su responsabilidad. No quería que le diera las gracias ni se disculpara por su comportamiento. No quería tener ningún motivo para estar menos resentido contra ella de lo que lo estaba ahora.

Quería que se comportara como él esperaba, como la seductora que nunca había crecido. No quería tener ningún motivo para que le cayera bien.

Era mejor así.

Resultó casi imposible vivir con aquel hombre después de aquello.

Los días transcurrieron dentro de una incesante monotonía hasta que Marietta sintió que iba a volverse loca. Cada noche se tomaba su pastilla para dormir y dormía, pero se despertaba por las mañanas atontada y exhausta, sin fuerzas para enfrentarse al nuevo día. Porque Yannis parecía ocupar muchas horas del mismo, acabando con su paciencia y lo poco que quedaba de su energía.

Cuando no la llevaba al trabajo o de regreso a casa, estaba siempre allí, acechando al fondo.

Volviéndola loca.

Incluso cuando estaba trabajando con su ordenador portátil lo pillaba mirándola o se lo encontraba detrás, muy cerca, como si se hubiera alejado demasiado de su mirada de águila.

Marietta trató de concentrarse en la organización de la reforma, todavía sin terminar, mientras luchaba por animar a Xavier. Pero la sombra de Yannis se cernía sobre todo lo que hacía.

Y aunque la tensión entre ellos seguía presente, igual que la sensación de que se le agudizaban los sentidos cada vez que lo tenía cerca, el breve destello de calor que había experimentado al considerar a Yannis como su protector había desaparecido en medio de la fría certeza de que sólo estaba haciendo su trabajo.

No tendría que haberle importado, porque en cualquier caso no quería tenerlo cerca, pero así era.

Cuando recibió la llamada avisándola de que había llegado el pedido de joyas, Marietta les dijo que estaría allí para comprobarlo antes de que se lo entregaran a los especialistas en seguridad. Y supo antes de que Yannis abriera la boca que él la llevaría. Pero ese día no le molestó que se hiciera cargo de todo. Nada podía empañar el alivio que sentía ante la llegada de los diseños.

Abrir las cajas y dejar al descubierto las joyas fue como reencontrarse con unos viejos amigos.

–¿Éstos son tus diseños? –le preguntó Yannis por encima del hombro.

Ella alzó la vista, sorprendida al encontrarlo tan cerca, lo más cerca que había estado desde aquella noche en la cocina. Su proximidad y su olor le cancelaron momentáneamente el cerebro, pero él no pareció darse cuenta. Agarró un pendiente esculpido en coral entrelazado con plata que albergaba una única y magnífica perla del Pacífico. Era una de las piezas favoritas de Marietta.

–Es preciosa –dijo Yannis, y a ella le dio un vuelco al corazón.

Estaba muy orgullosa de su trabajo, y le proporcionaba un gran placer que alguien más reconociera la belleza de la pieza. Sobre todo si se trataba de alguien que había expresado sorpresa al saber que incluso trabajaba.

Marietta sonrió para sus adentros mientras le quitaba la pieza de las manos y volvía a colocarla en la caja. Estaba encantada de que el envío hubiera llegado completo y a salvo. El problema ahora seguía siendo lo corta que era la lista de invitados.

De vuelta a la oficina, la alegría de la llegada del pedido se desvaneció rápidamente. Faltaban dos días para la inauguración, y aunque la galería estaba haciendo progresos, la lista de invitados se había estancado. Sin la presencia de famosos, no habría cobertura por parte de la prensa. Sin prensa, no tenía sentido molestarse en organizar un evento.

Xavier se merecía algo mejor. Había invertido todo en aquella nueva aventura y tenía fe absoluta en los diseños de Marietta. Aquello no era justo.

Marietta colgó el teléfono una vez más y sintió que la esperanza se le desvanecía. Aquel día había utilizado por primera vez la carta de ser princesa, algo que había prometido que nunca haría. Quería triunfar por sus propios méritos, no por sus repentinos contactos reales.

Pero la mujer que le había respondido al otro lado del teléfono no se había mostrado muy convencida, como si sospechara que aquél era el último intento de una mujer desesperada a la que habían rechazado demasiadas veces. Durante un instante, cuando colgó el teléfono, Marietta pensó en volver a llamarle y decirle a la mujer que podía demostrar quién era, aunque no tenía mucho sentido; la mujer le había dicho que Duke estaba en el extranjero y no podía contactar con él. ¿Qué esperanza le quedaba ahora?

Aquel mismo día más tarde se sentó en la playa de arena frente a la casa, flexionando los pies y disfrutando del sol del atardecer mientras el guardia de seguridad vigilaba discretamente desde el jardín que quedaba atrás.

Yannis la había llevado a casa y después se había dirigido a la habitación que utilizaba como despacho para trabajar. En lugar de ponerse algo cómodo, como hacía normalmente por las tardes, Marietta optó por el bañador. Todavía hacía calor, faltaba un rato para que se pusiera el sol, y pensó que estar en la playa le calmaría el alma.

Y eso era exactamente lo que estaba sucediendo. El rumor de las olas en la orilla, el sonido de los pájaros marinos y el susurro de las hojas bajo la brisa del atardecer eran como un bálsamo para su espíritu. Tras un día en que se le había subido el ánimo con la llegada de la colección y se le había vuelto a caer al saber que Duke estaba fuera del país, lo necesitaba más que nunca.

Aunque era tarde y ya había pasado el periodo de peligro, el calor del sol le pegó en un hombro. Marietta estaba agarrando el protector solar cuando se lo quitaron de la mano. Dio un salto, pensando que se trataba del guardia, pero fue Yannis el que se puso de rodillas detrás de ella.

—Me dijeron que estabas aquí fuera —dijo.

Marietta escuchó cómo sacaba la loción del bote. No le sorprendía lo más mínimo que los guardias le informaran de cada uno de sus movimientos, pero no tenía tan claro por qué se había reunido con ella fuera. Entonces la loción le rozó la piel y contuvo el aliento, y no sólo por el impacto de la crema fría.

—Estabas ocupado —dijo tratando de aparentar normalidad—. Pensé en aprovechar la playa al máximo antes de que oscureciera.

La crema en la espalda no tenía nada de tranquilizador, las manos de Yannis se movían en anchos círculos desde la espina dorsal hasta los hombros y después por los brazos. Marietta iba a decir que aquello no era necesario, que probablemente se estaba mostrando demasiado cautelosa poniéndose crema a aquellas horas de la tarde, pero no lo hizo.

Porque después del pánico inicial que sintió ante su contacto se relajó bajo su experto toque. Y luego sus manos convirtieron la tensión de sus músculos en una tensión completamente distinta. Sus pulgares trazaban círculos sobre sus puntos de presión, y a su pesar, sintió que su cuello giraba también.

—Estás muy tensa.

Ella se rió con ironía.

—Cuéntame algo que no sepa.

—Pero el pedido ha llegado y la galería va muy bien. Creí que estarías contenta por cómo va a salir la inauguración.

Marietta negó con la cabeza.

—No tiene sentido celebrar una inauguración si no conseguimos que venga un famoso importante. Ahora mismo no parece que vaya a ser así. Necesitamos a alguien del calibre de Duke Kame-aloha.

Las manos de Yannis se detuvieron.

–¿Y por qué no le llamas y se lo pides?

–Lo he hecho. Todos los días. Y siempre me dicen que me va a devolver la llamada. Hasta que hoy he sabido que está fuera del país. En estos momentos parece que lo mejor es cancelar el evento para no enfrentarnos a la humillación de que nadie aparezca.

Los dedos de Yannis volvieron a trabajar e hicieron maravillas en sus hombros.

–¿Y si ese Duke aparece, cambiaría mucho la situación?

–Al parecer es el número uno de Honolulú. Si aparece en algún lado, está dando la aprobación oficial a ese lugar. Es una locura. Tenemos un gran producto y un gran concepto y sé que podría irnos bien si…

Marietta levantó un poco de arena con la mano y cerró el puño, observando cómo caía lentamente.

–Todo el mundo debe de estar loco para rechazar la oportunidad de conocer a una auténtica princesa.

Marietta se sacudió una mano contra la otra.

–No quise mencionarlo.

Una vez más, los dedos de Yannis se detuvieron antes de seguir trabajando.

–¿Ha sido por las amenazas a la seguridad?

–Supongo que en parte sí, aunque han salido publicados en prensa suficientes detalles como para que la gente lo relacione. Pero no creí que fuera relevante.

–¿No creías que fuera relevante? ¿Estás invitando a la gente a un gran evento y no les has mencionado que eres una princesa?

Ella se puso tensa al percibir la crítica en sus palabras.

—Esta inauguración no tiene nada que ver con Marietta Lombardi la princesa. Se trata de Marietta Lombardi la diseñadora de joyas. La colección debería hablar por sí misma.

—Pero si no viene nadie, la colección puede hablar todo lo quiera, gritar incluso, pero ¿quién lo oirá? Tal vez haya llegado el momento de que se lo hagas saber.

Aunque hubiera querido escucharlo, ya era demasiado tarde para dar aquel consejo. Marietta se encogió de hombros.

—Ya lo he hecho. Llamé esta mañana a su oficina.

—¿Y?

—No me creyeron —agarró un puñado más de arena y esta vez la tiró hacia atrás—. El juego ha terminado.

Yannis volvió a tapar el bote de crema y se sentó a su lado.

—No puedo creer que no se lo hayas dicho a la gente antes. Te habría facilitado el trabajo.

Marietta echó de menos el tacto de sus manos sobre su piel. Y tampoco se le pasó por alto la crítica de sus palabras.

—Ya te lo he dicho, esto no tiene nada que ver con ser princesa. El diseño de joyas es mi trabajo. Forma parte de quién soy.

—Pero ahora también eres una princesa. ¿No tienes responsabilidades hacia Montvelatte, hacia su gente?

—Sí, y esas responsabilidades no contemplan el utilizar mi posición para mi beneficio personal. ¿Te has olvidado del antiguo régimen y de la razón por la que los echaron?

—¿Quién está hablando de beneficio personal? Eres una princesa; ¿qué tiene de malo admitirlo para conseguir publicidad positiva? Así estarías promocionando también Montvelatte al mismo tiempo que tu inauguración. Y si eso es lo que marca la diferencia entre el éxito o el fracaso de tu aventura…

Dejó la frase colgando para que ella rellenara el hueco que faltaba. De acuerdo, tal vez Yannis tuviera razón. ¿No era acaso lo que había pensado ella cuando decidió decirlo? Pero sin duda no necesitaba escucharlo de él. Ya se sentía una fracasada. No necesitaba que le recordaran la magnitud de su fracaso.

Había defraudado a Xavier al no permitir que se mencionara su estatus real en ninguna de las notas de prensa, y había defraudado a su negocio. Y sobre todo, ahora sentía que además había decepcionado a Montvelatte y a su gente. ¡Cualquiera podría pensar que se avergonzaba de ser su princesa!

Se puso de pie de un salto y se quitó la arena de las piernas. Tenía suficiente crema en los hombros como para todo un verano de sol, y estaba a punto de quitársela toda.

–Creo que voy a darme un baño ahora, antes de que oscurezca demasiado.

No había ni atisbo de oscuridad, el sol lanzaba su luz roja sobre el cielo, creando lazos rojos y plateados sobre el agua, pero era la mejor excusa que se le había ocurrido en el momento.

Se acercó al borde del mar y vaciló durante un instante cuando las frías aguas del Océano Pacífico fueron a recibirla en forma de ola.

El agua salada y refrescante golpeó su cuerpo bañado por el sol, revitalizando al instante sus músculos cansados y sus nervios destrozados. Aquello era lo que necesitaba. Las suaves olas la iban alejando del hombre que la inquietaba como ningún otro.

Debajo, en el agua, los peces pequeños iban hacia

un lado y hacia otro, yéndose hacia atrás por la marea antes de resurgir hacia delante. Marietta sabía cómo se sentían al ser arrojados a un lado y luego al otro a pesar de sus esfuerzos por moverse en una única dirección. ¿Cuándo terminaría aquella amenaza contra la seguridad? ¿Cuándo podría por fin Yannis marcharse para que ella pudiera retomar su vida normal?

Porque la normalidad resultaba imposible con Yannis alrededor. Todo estaba recargado en ella: sus emociones, los instintos, incluso la conciencia de su propio cuerpo. El simple acto de que le pusieran crema en la espalda había despertado las alarmas de su cerebro, mientras que otras partes de su cuerpo estaban ocupadas tratando de sacar el felpudo de bienvenida. Aquello no tenía sentido. No quería sentirse tan consciente de su propio cuerpo si iba a mezclarse de aquel modo con su cabeza.

Los peces se dirigieron hacia una roca grande que había en el fondo del mar y luego salieron disparados como un destello de plata cuando la roca sacó las patas y se levantó en medio de una nube de arena. Se dirigió directamente hacia ella. No era un tiburón, su mente, aunque aterrorizada, había registrado al menos esa información. Pero el miedo seguía apretándole el corazón ante aquella amenaza desconocida. Reculó para escaparse cuando la criatura le rozó la pierna con firmeza. Su cuerpo era una enorme sombra negra bajo el agua, y Marietta gritó. Alguien agarró su tembloroso cuerpo desde atrás, y el instinto le dijo que debía tratarse de Yannis. Nunca antes se había sentido tan contenta de saber que la había seguido. Se dejó estrechar entre sus brazos mientras se colgaba de él y le rodeaba el cuello. El corazón le latía a toda prisa.

—No pasa nada —le dijo él—. Ahora estás a salvo.
Y aunque se sentía más segura sabiendo que él estaba allí, Marietta sabía que en realidad no estaban a salvo.
—Hay algo en el agua —gritó desesperada por hacerse entender—. ¡Me ha tocado!
La mano de Yannis le acarició la espalda como si estuviera consolando a una niña que hubiera tenido una pesadilla.
—No pasa nada —le repitió—. Sólo ha sido un susto. No te habría hecho daño nunca. No era más que una tortuga.
Sus palabras se filtraron a través del pánico que quedaba en su cerebro. Levantó muy despacio la cabeza del refugio que había encontrado en la curva de su cuello.
—¿Una tortuga?
—Se acercan a la orilla por la tarde, normalmente un poco más lejos de la costa. Has tenido suerte de encontrarte una que buscaba aire —Yannis se puso de lado y señaló con la mano un punto del agua—. Mira, allí está.
Marietta miró hacia donde le estaba señalando y vio la prehistórica cabeza de la criatura asomando por su caparazón antes de volver a sumergirse en el agua.
—Oh, Dios mío, creí que era... pensé...
Se sentía como una idiota. No era más que una tortuga. Tenía el tamaño de un coche, pero era una tortuga.
Y entonces se dio cuenta de dónde estaba y de cómo se estaba agarrando a Yannis y se sintió más idiota todavía.
—En ese caso, supongo que puedes soltarme —dijo tratando de retirarle los brazos del cuello con la mayor naturalidad posible.

—Supongo que sí —respondió él sin hacer amago de soltarla.

El agua se deslizaba alrededor de ellos, fresca y fría en el cálido aire de la tarde, un aire que ahora parecía más caliente a pesar de que el sol se estaba yendo.

Marietta le dirigió una mirada inquisitiva. De las puntas de su pelo caían gotitas de agua, y tenía las oscuras pestañas húmedas. La sombra de la tarde hacía todavía más oscuras sus facciones mediterráneas.

Y la mirada de sus ojos.

Se estremeció entre sus brazos, consciente de pronto de todos los puntos en los que sus cuerpos se rozaban, de todos los rincones en los que su piel húmeda coincidía con la suya, húmeda también.

Y de pronto no se sintió a salvo en absoluto.

—¿Yannis?

Él la miró, y Marietta leyó en sus ojos su torbellino y su oposición, el deseo y la tormenta, y se sintió conmovida.

Entonces Yannis parpadeó y miró a su alrededor, como si de pronto volviera a ser consciente de dónde estaba.

—Se está haciendo tarde —gruñó él—. Deberíamos irnos.

No lo entendía. Había ido a Hawái con el encargo de protegerla y con la intención de vengarse en cuanto tuviera la primera oportunidad de hacerlo, y sin embargo allí estaba, apenas dos semanas después, sin saber ya qué quería.

Desde su balcón, Yannis contempló el mar bañado por la luna. Su vista quedaba enmarcada por las palmeras que se mecían en la suave brisa cargada del aroma a hibisco y a otros miles de aromas dulces que le hacían pensar en mujeres. En una mujer en particular.

Durante los últimos días, contrariamente a lo que esperaba, había ido desarrollando un creciente respeto por la mujer que esperaba que le fuera a fallar. No encontraba mácula en su ética laboral. Su habilidad resultaba impresionante; sus diseños lo habían pillado completamente por sorpresa, y por eso se maldecía a sí mismo. Se suponía que se le daba bien la investigación, y sin embargo no había movido un solo dedo para investigar sus credenciales. Se había limitado a dar por hecho que estaba exagerando. Pero sus habilidades, al igual que su compromiso, eran de primer orden. Tenía que descubrirse además ante su ética, aunque estuviera cometiendo un suicidio profesional al no exponer su título.

A juzgar por el modo en que había alzado la barbilla cuando le dijo que ella ante todo y por encima de todo era diseñadora de joyas, y viendo cómo había insistido para no utilizar su título a su favor, quedaba claro que Marietta no era la persona que él creía, la seductora superficial que nunca crecería. ¿Qué le había sucedido en aquellas últimas dos semanas, y cuál había sido el catalizador de aquel súbito cambio? Y aunque poner en palabras aquella pregunta hacía que sonara ridícula, una nueva pregunta le produjo un escalofrío en la espina dorsal... ¿y si se había equivocado con ella desde el principio?

Le entraron ganas de reírse en voz alta ante la perspectiva, pero la risa no llegó, porque la imagen que tenía ahora de aquella mujer era muy distinta a la que había creado con anterioridad. ¿Cómo era posible que se hubiera confundido tanto?

Primero en la cocina aquella noche, cuando la encontró deambulando en la oscuridad, y luego esa tarde en el mar, cuando la «salvó» de un roce con una vieja tortuga, había estado a punto de besarla. A punto de hacer mucho más. Y ella no había hecho nada para impedirlo. Nada para evitarlo. ¿No demostraba eso algo?

Sólo que Marietta seguía esperándole. Provocándole a la menor oportunidad. Tentándole. Pero ¿de verdad se creía Yannis eso? Apretó los puños a los lados. Un martillo le golpeaba las sienes.

Si ella fuera de verdad aquel tipo de persona, ¿no estaría intentando ligar con él? Pero no había hecho nada para atraerlo. Se había limitado a existir. A estar sentada en la playa con un traje de baño azul que hacía destacar sus largas y suaves piernas y su blanca piel que necesitaba protección. Fue Yannis el que se mostró incapaz de resistirse a agarrar el bote de protector solar. Fue él quien necesitó aquella excusa, cualquier excusa para extender las manos y sentir aquella piel bajo las manos. La única invitación de Marietta había sido estar allí. ¿Cómo podía culparla?

Cruzó el balcón frotándose la parte posterior del cuello con una mano. ¿Qué le estaba ocurriendo? En dos ocasiones la había tenido allí donde quería, había estado a escasos segundos de tomar aquello que le había sido negado, y las dos veces se había ido. Y sin embargo, había acudido allí con la intención de hacerle pagar lo que le había hecho. No tenía sentido.

Las olas continuaban chocando contra la orilla, las estrellas parpadeaban desde aquel cielo alto y vacío de nubes, y mientras las preguntas surgían a través de su torturada mente, las respuestas se volvían más elusivas, escapándose cada vez que creía que las tenía bien sujetas.

Había una cosa que sin embargo sí estaba clara. El negocio de Marietta tenía que triunfar. Porque cuando terminara aquel susto de las amenazas, tendría un negocio que arrancar y al que dedicarse. Tendría una vida allí en Hawái.

Y él podría irse.

Capítulo 9

EL CLIMA para la inauguración nocturna era perfecto, suave y cálido con únicamente un poco de brisa. El tipo de noche en la que apetecía estar fuera, respirar el aire y sentir el terciopelo de la noche sobre la piel. El tipo de noche en la que Marietta esperaba que la gente se animara a salir.

En el exterior de la galería, miles de lucecitas que se alzaban varios metros hacia el cielo de la noche, transformando la fachada de la galería en un mundo de fantasía. El interior era un hervidero de preparativos de última hora. Marietta observó sintiéndose cada vez peor cómo los camareros vestidos con camisas blancas llenaban las bandejas con copas de cristal para champán. El personal de la empresa de catering colocaba estratégicamente canapés y aperitivos por la sala en espera de los invitados. Los invitados que Marietta temía que no aparecerían. Lanzó una mirada ansiosa a la sala. Habían supervisado todos los expositores de vidrio. Las joyas estaban colocadas y recolocadas para mostrarse perfectas bajo las luces atenuadas, y ahora ya no quedaba nada más que hacer excepto preocuparse.

Preocuparse al pensar que Paua International estaba mordiendo más de lo que podía masticar al creer que podía competir contra las grandes firmas de Hawái. Preocuparse porque su visión de la joyería, inspirada en el coral y las perlas de la región, no podría competir nunca con los Tiffanys y los Cartiers de este mundo.

Entonces vio a Yannis, alto y poderoso, que estaba al otro lado de la estancia hablando con Xavier de algo, y la verdadera fuente de su preocupación adquirió forma humana.

Había sido Yannis quien insistió en que no cambiaran las previsiones del catering. Dijo que, si reducían la estimación del número de invitados aunque fuera una fracción, se correría inevitablemente la voz. Según razonó, nadie acudiría si pensaba que eran los únicos invitados. Y para su irritación, Xavier lo había escuchado como si Yannis fuera un experto en esos asuntos y supiera de qué estaba hablando.

Y ahora estaba hablando otra vez con Xavier como si fuera un derecho de nacimiento, con la oscura cabeza inclinada hacia delante mientras Xavier lo escuchaba con sumo interés, asintiendo, con aquel omnipresente ceño arrugándole una vez más la frente. Marietta aspiró con fuerza el aire. Aquél era su dominio. Su mundo. ¿Por qué no podía Yannis mantenerse alejado? ¿Es que aquel hombre no podía hacer nada sin irritarla?

Teniendo en cuenta los acontecimientos de la última semana, la respuesta era claramente que no. Se las arreglaba para irritarla cuando discutían, también la había molestado cuando le frotó la espalda con crema. Incluso cuando la rescató del roce contra la tortuga gigante. La irritaba. La confundía. Se abría camino en lo que deberían ser noches de sueño e invadía sus sueños y su descanso.

Había transcurrido más de una semana desde aquel encuentro en la cocina, y las visiones que la invadían de noche habían ido a peor, sin encontrar ningún alivio para la creciente necesidad que le atravesaba el cuerpo como si fuera una bestia salvaje que buscara una salida. ¿Cuántas noches había dado vueltas y vueltas en la cama? Demasiadas.

Yannis había estado a punto de besarla, y ella no había hecho nada para impedírselo. Había estado a punto de besarla, y ella había querido que lo hiciera. Había querido que hiciera mucho más que eso. Podría haberla tomado allí mismo y no habría hecho nada para evitarlo. Había sido incapaz de resistirse, vencida por una fuerza sexual que se había mezclado con sus defensas, derribándolas con la misma facilidad con la que podría haber derribado su virginidad.

Y ella le habría dejado.

Y entonces dos noches atrás, con los sentidos despiertos por las lánguidas caricias de sus manos en la espalda y el cobijo de sus brazos entre la espuma de las olas, volvió a pensar que iba a besarla. Una vez más, había deseado que lo hiciera.

Pero no. Tras aquella mirada que la había derretido por dentro, Yannis la había soltado bruscamente y ella había regresado a la orilla temblando y sintiéndose extrañamente fría, sin nada más que una abrumadora sensación de insatisfacción porque no hubiera sucedido. Una vez más, aquel anhelo interior no se había satisfecho.

Y ella necesitaba urgentemente satisfacción.

Le resultaba extraño no tenerle ahora ningún miedo a que le hiciera el amor y descubriera su secreto cuando la noche de la boda, cuando fue a su habitación, se había agarrado al argumento de que su virginidad era la razón por la que lo había echado de su cama. En aquel momento, aquello le había proporcionado a su miedo un cimiento sólido. Pero viéndolo en perspectiva, lo que Yannis alegaba no tenía ningún sentido. Tenía que haber otra razón para lo que hizo tantos años atrás... una razón más poderosa.

Marietta tragó saliva. Tenía la boca seca mientras observaba a los dos hombres, que estaban completamente centrados en su conversación. ¿Por qué tenía tantas cosas que contarle a Xavier? Vio cómo Yannis señalaba algo que Xavier sostenía y cómo sacudía la cabeza, y vio a Xavier sacar su pluma estilográfica y tachar algo antes de escribir una breve nota. A Marietta le hirvió la sangre. Si no se equivocaba, lo que Xavier estaba sujetando era la lista de la inauguración de aquella noche. Aquella misma tarde se habían reunido para cambiar el programa, acortando las formalidades para no cansar a un público ya de por sí mermado. Aquellos arreglos no tenían nada que ver con Yannis.

Marietta casi gruñó. Yannis sabía cómo metérsele bajo la piel y hacerla temblar de arriba abajo, y si aquélla no fuera suficiente razón para estar resentida con él, ahora creía que tenía algo que decir en los procedimientos de un negocio que no tenía nada que ver con él.

Entonces Yannis alzó la vista, como si hubiera sentido su mirada en él, con la frente ligeramente arrugada y los ojos inquisidores, y Marietta le lanzó una mirada desaprobatoria mientras se abría camino entre el personal para llegar hasta ellos. Yannis estaba jugando con fuego si creía que tenía algo que decir en la organización de aquel evento. Ya estaba lo suficientemente estresada aquella noche sin necesidad de aquella interferencia.

Xavier se estaba escabullendo por algún punto de

la parte de atrás de la tienda, sin duda para cumplir algún encargo que le había hecho Yannis.

–¿Qué está sucediendo aquí? –inquirió ella–. ¿Qué es todo esto?

Yannis se negó a parecer acobardado y se limitó a dedicarle una sonrisa. Sus ojos negros brillaban con algo parecido al desafío mientras detenía a un camarero que pasaba por allí con una bandeja de copas de champán. Se hizo con dos y le pasó una a ella.

–No quiero –aseguró Marietta–. Lo que quiero saber es de qué estabas hablando con mi compañero.

Yannis dejó la copa rechazada en la superficie horizontal más cercana que encontró mientras le daba un sorbo a la suya. Alzó las cejas en gesto de aprobación.

–Estábamos hablando de lo guapa que estás esta noche. Y es cierto. Muy guapa. No sé si se trata del vestido, que es para quitar la respiración, o lo que te has hecho en el pelo, que es una auténtica obra de arte. ¿Te ha dicho alguien que pareces una suma sacerdotisa romana?

Marietta tragó saliva. Estaba sorprendida, esperaba cualquier cosa menos el discurso con el que le había salido. Había escogido el vestido de seda esmeralda por sus líneas clásicas y la magnífica caída de la tela. El diseñador era uno de sus favoritos, pero no necesitaba que Yannis le dijera que aprobaba su elección. Y menos cuando estaba tratando de estar enfadada con él.

–Eso no explica que Xavier esté haciendo cambios en el programa. ¿De qué va todo esto?

Yannis se encogió de hombros y le dirigió una enigmática sonrisa.

–Sólo estaba tratando de ayudar, ofreciendo asistencia cuando me la solicitan.

Y entonces la frustración de las dos últimas semanas se convirtió en furia.

—¿Quién diablos te crees que eres? Esta inauguración está plagada ya de suficientes dificultades sin necesidad de que tú metas la nariz. ¿Es que no ves lo importante que es esto para Xavier y para mí? No tiene *nada* que ver contigo. No queremos tu ayuda —susurró manteniendo el tono de voz bajo, consciente del murmullo de voces que tenía detrás. Con un poco de suerte eso significaba la llegada de los primeros invitados—. Y desde luego, no la necesitamos.

—¿De veras? —preguntó con los ojos brillando fríamente por encima del borde de la copa de champán—. En ese caso, ojalá no hubiera dicho nada. Me aseguraré de no volver a interferir.

—Gracias. Tal vez creas que lo sabes todo del mundo de los negocios, pero este negocio es nuestro mundo. Lo último que necesitamos es tu intervención.

—Entendido. Y ahora tal vez quieras cambiar ese gesto torcido por una sonrisa, princesa. Creo que los equipos de televisión necesitan saber dónde colocarse.

Marietta dio un respingo mientras se giraba.

—¿Qué equi...?

Las palabras murieron en sus labios mientras los equipos de filmación, cargados con cámaras y aparatos de sonido, se abrían camino hacia el edificio.

Volvió a mirar a Yannis. Su sexto sentido le decía que sabía más de esto de lo que aparentaba, pero él ya se estaba apartando, dando instrucciones como si estuviera al mando. Y lo estaba. Marietta se quedó allí de pie mientras Yannis daba órdenes con calma y al mismo tiempo con seguridad. Observó asombrada cómo todo el mundo obedecía. Xavier emergió de la parte de atrás, sonriendo por primera vez desde hacía semanas.

—¿No es fantástico? —le preguntó.

Pero antes de que ella tuviera oportunidad de responder, ya estaban recibiendo a una oleada de invitados que empezó siendo un reguero, y ahora no había tiempo para averiguar qué estaba sucediendo.

En cuestión de minutos, la galería se había llenado de vida con una multitud de gente. Mujeres con vestidos de diseño y sandalias de tiras, colores explosivos y piel bronceada pululaban por la sala. Cada movimiento de la tela hablaba de dinero. Los hombres tenían un aspecto elegante con sus trajes de lino hechos a medida que rezumaban estilo. Las joyas brillaban, adornando cada oreja y cada cuello, alguna que otra nariz y ombligo. Las cámaras lo captaban todo.

Y cuando Marietta pensaba que las cosas ya no se podían poner mejor, una limusina se detuvo frente a la entrada, y la galería se convirtió en el patio de juegos de los paparazis cuando Duke Kame-aloha hizo su aparición. La empujaron suavemente hacia la fachada de la tienda, las cámaras disparaban sus flashes mientras Duke y la princesa se conocían.

—No sabía que fueras a venir —le dijo entre poses—. He intentado ponerme en contacto contigo muchas veces.

Él se inclinó y le dirigió una generosa sonrisa polinesia. Marietta entendió por qué la gente lo seguía de aquella manera.

—Siento haber tardado tanto, Alteza. Deberías haberme dicho que eras amiga de Yannis.

Y antes de que Marietta pudiera responder, lo

apartaron de su lado y a ella le colocaron un micrófono debajo de la nariz mientras los reporteros y las cámaras de televisión la bombardeaban a preguntas.

Si la cantidad de «gente guapa» presente y las docenas de botellas de champán que se consumieron servían de algún indicativo, la noche fue un auténtico éxito. Pero lo que cerró el evento fue el aplauso que acompañó el desfile de la colección firmada por Marietta. Xavier le tomó la mano y se la apretó mientras el público iba celebrando cada pieza, y ella pudo sentir su emoción, que era un reflejo de su propio orgullo.

Y entonces terminaron las formalidades y comenzó la auténtica fiesta. La gente se acercó a los exhibidores con la copa de champán en la mano mientras un trío de ukeleles tocaba de fondo y fuera la noche se iba haciendo más oscura.

Marietta y Xavier sonreían, charlaban y recibían las alabanzas de la gente. Ella sabía que el trabajo duro no había hecho más que empezar, y que la verdadera prueba del éxito sería que el entusiasmo de esa noche se transformara al día siguiente en ventas. Pero los indicadores eran muy buenos, y Marietta no pudo evitar sentirse emocionada. Podrían conseguir que aquella aventura funcionara. Podría ser un éxito.

Y en cierto modo, se lo debía todo a Yannis.

Marietta guardó silencio cuando regresaban a la casa de Kahala. La noche parecía seda negra. La revelación de Duke la había pillado completamente por sorpresa, y no le servía de consuelo que la noche hubiera ido tan bien. De hecho, eso sólo servía para empeorarlo. Saber que su éxito se debía en gran medida a Yannis provocaba que se encerrara más en sí misma.

Yannis no le debía nada, había dejado muy claro

el hecho de que estaría encantado de marcharse de Hawái y regresar para siempre a su vida real. Y sin embargo, aquella noche había hecho algo que podía conseguir que Paua International triunfara. Aquello no tenía sentido.

–Estás muy callada, princesa. ¿No estás contenta con cómo ha resultado la inauguración?

Ella giró la cabeza para mirarlo, pero no debido a su pregunta, sino porque se había dado cuenta de que en algún momento las cosas habían cambiado. Había dejado de llamarla princesa como si fuera un insulto.

Yannis tenía la vista clavada en la carretera, y durante un instante fue su perfil lo que ocupó sus pensamientos, un perfil tan fuerte como el hombre al que pertenecía, un hombre que le había dicho que no deseaba estar allí, del mismo modo que ella quería que se fuera, y que sin embargo había asegurado el éxito de su negocio. Entonces él la miró, provocando que algo temblara en su interior, y la confusión se multiplicó por diez. Junto con la vergüenza de cómo lo había tratado antes.

–Te debo una disculpa.

–¿Ah, sí?

Marietta maldijo entre dientes y giró la cabeza hacia la negra oscuridad en busca de inspiración. Yannis sabía muy bien que antes no se había portado como debería. Era típico de él no ponerle las cosas fáciles. Pero ¿por qué iba a hacerlo? Era ella la que le había dicho que no interviniera.

–Conseguiste que apareciera Duke Kame-aloha. Junto con las cámaras y cinco veces más el número de personas que creíamos que iban a venir.

–¿Eso te lo dijo él?

–Lo de las cámaras y la gente no. Pero tiene sentido. Le dije que había estado tratando de ponerme en contacto con él durante bastante tiempo, y él contestó que tendría que haber mencionado que era amiga tuya.

Yannis alzó las cejas por toda respuesta.

–¿De qué lo conoces? ¿Cómo conseguiste que viniera a la inauguración?

El coche avanzaba través de la noche cálida. El aire le revolvía a Marietta el cabello.

–Le hice un favor una vez, cuando quería dejar el negocio del surf. Le di algunos consejos.

–Debieron ser buenos consejos para que viniera junto con tanta gente y la cobertura televisiva.

Yannis se encogió de hombros.

–Como tú dijiste, una vez que él estuvo en el saco lo demás fue fácil. Unas palabras sugeridas en los oídos adecuados. Comentar lo que supondría para la sociedad hawáiana conocer a una auténtica princesa...

–¿Hiciste todo eso? –Marietta sacudió la cabeza–. Y yo acusándote de interferir.

Se reclinó en el asiento y alzó el rostro hacia arriba.

–Has salvado la inauguración. Sin ti, esta noche habría sido un desastre.

Yannis no dijo nada, se limitó a guiar el coche hacia el camino que llevaba a la mansión, subiendo hacia la entrada y deteniéndose brevemente ante las pesadas puertas para esperar a que se abrieran antes de continuar camino a la casa.

–Lo siento –añadió Marietta cuando quedó claro que no iba a decir nada–. Estaba equivocada.

Yannis detuvo el coche fuera de la casa y tiró del freno de mano.

–Sí. Lo estabas. Ah, y se me ha olvidado decirte algo...

Yannis salió del coche y lo rodeó para abrirle la puerta. Marietta tuvo que esperar para que continuara. Le tomó la mano con cautela, curiosa por escuchar qué más tenía que decirle mientras la ayudaba a salir del coche.

–Esta noche recibí una llamada de Rafe mientras tú atendías a los invitados.

A Marietta le picó la curiosidad.

–¿Y? –preguntó–. ¿Cómo están? ¿Cómo está Sienna?

–Los dos están bien –respondió Yannis calmando su preocupación–. Pero quería que supiera que han detenido al hombre que mandó las amenazas. Era una falsa alarma, tal y como sospechaban. No eran más que unas amenazas lanzadas por un viejo amigo del antiguo príncipe al que no le gustaba la buena prensa que está consiguiendo el nuevo régimen.

–Una falsa alarma.

Las palabras de Yannis la dejaron paralizada y sintiéndose incómoda. Había algo que no estaba bien en su reacción. Se alegraba de saber que Rafe y Sienna estaban fuera de peligro, pero...

–Bueno, es una buena noticia, ¿verdad?

–Es una buena noticia. Significa que ya no necesitas niñera.

Marietta sintió una losa en el pecho.

–¿Te vas a marchar?

–Mañana.

–Supongo que es lo mejor.

–Sí.

Marietta bajó la vista hacia su mano, que descansaba en la suya.

–Hay una cosa que no entiendo.

–¿Cuál?

–¿Por qué lo has hecho? ¿Por qué te has salido de tu camino para ayudarme esta noche?

La mente de Yannis buscó la respuesta a una pregunta que él mismo se había estado haciendo toda la noche. *Era la hermana pequeña de su mejor amigo. Le había pedido que cuidara de ella.* Pero aunque tuvo aquellas palabras en la punta de la lengua, no fue capaz de ponerles voz, no porque no fueran verdad, si no porque en cierto modo no eran suficientes.

Yannis la miró. Tenía el cabello revuelto y suelto por haber ido en el coche con la capota bajada. Un grueso mechón de cabello rubio le bajaba por el cuello. La punta descansaba pesadamente sobre el escote. Un signo de interrogación para una pregunta que no quería contestar. Tenía las mejillas sonrosadas, ya fuera por el camino de vuelta a casa, la emoción de la velada o la noticia de que los servicios de Yannis ya no eran necesarios e iba a librarse de él. Prefería no pensar demasiado en ello. Y sin embargo, Marietta seguía con los labios ligeramente entreabiertos, como si esperara su respuesta.

Si él no supiera que había pasado los últimos veinte minutos en un coche sin capota con el fresco viento de la noche en el rostro y en el pelo, diría que tenía el aspecto de alguien que acababa de hacer el amor.

Aquél sería el aspecto que tendría después de que él le hubiera hecho el amor.

Y Yannis respondió de la única manera que pudo.

–¿No basta con que lo haya hecho?

Ella le sonrió. Sus preciosos ojos estaban cubiertos de una capa de humedad.

–Gracias. No sabes lo mucho que esto significa para Xavier. Y para mí.

Algo dentro de él estaba desgarrándose. Marietta le volvía loco cuando discutían. Lo enfurecía cuando le lanzaba aquellos dardos puntiagudos. Pero cuando le sonreía de aquel modo sentía como si se perdiera, como si cayera en un abismo.

—Mañana te vas –dijo ella de la nada.

La mente de Yannis buscó la conexión. Pero al menos para esto sí tenía respuesta.

—Sí.

—Entonces, ¿podrías hacerme un favor más antes de irte? Si no es pedir demasiado, claro –Marietta apartó la cabeza. Le ardían las mejillas, como si ya estuviera avergonzada.

Él le tomó la barbilla con los dedos y se la alzó suavemente hasta que lo miró otra vez de frente.

—Si está en mi mano... ¿de qué se trata?

Los ojos azules de Marietta se abrieron de par en par mientras lo miraba con solemnidad.

—¿Me das un beso?

Capítulo 10

HAY MOMENTOS en la vida de un hombre en los que no hay necesidad de pensamiento lógico. No hay necesidad de razón. A veces el instinto es suficiente para que un hombre sepa qué camino tomar.

Aquél era uno de esos momentos.

Descendió la boca hacia sus labios y supo antes de rozarla que había tomado la decisión correcta. Supo con cada fibra de su ser que aquello era lo que debía hacer. Y entonces sus labios rozaron los suyos, y los labios de Marietta le dijeron lo mismo. Una, dos, tres veces sus labios se deslizaron como una pluma por los suyos, y en cada ocasión le confirmaban la verdad.

Esa vez no iba a escaparse.

La besó más apasionadamente, moviéndose hacia ella hasta que lo recibió desde el pecho hasta los pies. Su vestido verde se le enredó entre las piernas mientras la atraía todavía más hacia sí. Marietta tembló bajo su boca, pero no se retiró, no se apartó. Al contrario, se entregó todo lo que pudo. Le puso las manos en la cabeza, sujetándolo allí para compartir su boca, su respiración, su sabor. La lengua de Yannis jugueteaba con la suya. Ella le mordisqueaba los labios.

Y siguieron besándose de una forma arrebatada que no podía tener más que un final.

—Hazme el amor —le susurró ella en medio de la brisa tropical que llevaba el perfume de miles de flores diferentes y el aroma de una única mujer.

Y Yannis supo que aquel momento era inevitable desde que el momento que sus miradas se cruzaron en el abarrotado salón de baile del castillo, y tuvo la impresión de que aquél era el momento adecuado para ellos.

Con la respiración entrecortada, la tomó en brazos y cruzó con ella el umbral sin dejar de besarla. Ella le echó los brazos al cuello y lo agarró. Se deslizó con su cuerpo y le besó el cuello mientras él buscaba la llave, convirtiéndole la sangre en lava de un modo que estuvo a punto de olvidar lo que estaba haciendo para tomarla allí mismo, apoyada contra la puerta de entrada. Pero se las arregló no supo cómo para abrir la puerta y ambos se precipitaron dentro. La luz de la luna se filtraba a través de las persianas de la ventana. Las sombras de las agitadas palmeras convertían las paredes en un lienzo en movimiento.

Yannis la urgió por el pasillo sin soltarla en ningún momento pero sin dejar de moverse en el baile de la pasión mientras sus labios le hacían el amor a su rostro, a los ojos, a la boca.

Y cuando la tuvo en su dormitorio la dejó finalmente un momento y permitió que la luz de la luna le marcara las facciones, como si quisiera darle una última oportunidad para cambiar de opinión mientras se quitaba la chaqueta, la camisa y la corbata.

No esperaba que Marietta hiciera nada, pero sin apartar los ojos de él, colocó las manos detrás y deslizó la cremallera de la espalda. Luego puso los dedos en los tirantes y los deslizó por los hombros. El vestido cayó al suelo.

–*Thea mou* –dijo él–. Mi diosa.

El hambre desnuda de los ojos de Marietta fue demasiado para él. La estrechó entre sus brazos y volvió a besarla una vez más con arrebato.

Le puso las manos en la cintura, hundiendo los dedos en la perfección de su piel. Ella le rodeó el cuello con los brazos, que eran como seda. Nicholas deseaba que lo sujetaran todavía con más fuerza.

Le desabrochó el sujetador de encaje que le cubría los senos y ella le soltó el cuello sólo lo justo para que se lo quitara antes de ponerle encima las manos, llenándoselas con su carne, acariciándole los pezones hasta que Marietta gimió de placer en su boca. Se apretó más contra él, piel contra piel dulce mientras le recorría la espalda con las manos. Introdujo los dedos en la cinturilla de sus pantalones y lo atrajo hacia sí. Ahora le tocó a Yannis el turno de gemir.

Marietta era como el purgatorio, el infierno y la condenación eterna envueltos en la piel suave de una sirena. Pero también prometía el paraíso, y eso era lo que él buscaba. Y entonces su dedo delicado le rodeó el muslo y lo tocó… allí, y Yannis pensó que había llegado a ese paraíso.

La subió un poco más, enredándole las piernas alrededor de su cuerpo, y le dio la vuelta, acercándola hacia sí en un baile erótico y sensual, buscando algún lugar en el que poder satisfacer su ardiente deseo. Se topó casi accidentalmente con la cama. Su sentido de la orientación se había ido al diablo, aniquilado por el peso de sus otros sentidos. Gusto. Tacto. Deseo. Aquello era lo que le movía.

Dejó a Marietta sobre la cama. Sus antebrazos le amortiguaron la caída cuando ella aterrizó, sus labios abandonaron su pecadora boca para succionar aquellos senos perfectos. Era la tentación hecha carne. Y era casi suya. Yannis bajó más la cabeza y jugueteó con la dulce cueva de su ombligo mientras le quitaba las delicadas braguitas y se perdía en su embriagador contacto y en su aroma.

Kataplikti, aquello sí era una novedad. No estaba depilada, y eso la hacía más bella. Sabía que le estaba haciendo el amor a una mujer de verdad, no a alguien que había decidido hacerse la cera en el símbolo de su madurez sexual. Yannis abrió los labios y la saboreó, y ella se retorció dentro de su boca.

–Yannis –exclamó moviendo la cabeza de lado a lado–. Por favor.

Al ver que él la ignoraba y succionaba aquella protuberancia que tenía entre los labios, gritó:

–¡Yannis! ¡Ahora!

Él quería hacer muchas más cosas. Deseaba seguir explorando. Pero ya habría tiempo para eso más adelante. Tenían toda la noche. En aquel momento sólo había tiempo para una cosa. Tuvo el sentido común de colocarse la protección antes de que sucediera nada. Su erección campaba a sus anchas, hambrienta y demasiado ansiosa para su concepto del paraíso. Apenas tuvo tiempo de protegerse.

Estrechó a Marietta contra sí, enredándole las piernas alrededor de su cuerpo, consciente de que esta vez no pararía. Esta vez encontraría la plenitud que su cuerpo anhelaba.

Marietta lo sintió allí, notó la cálida presión de su piel sólida, sintió cómo sus músculos internos lo recibían y lo deseaban allí dentro, donde nada más importaría y todos los errores del pasado quedarían borrados.

Miró hacia su amante mediterráneo inclinado sobre ella, su piel aceitunada brillaba como el oro a la luz de la luna, los músculos de sus brazos estaban tan tirantes como si hubieran sido esculpidos, y sus ojos... sus hermosos ojos oscuros reflejaban exactamente lo que ella sentía. Una locura maravillosa.

«Te amo».

Los ojos de Yannis se abrieron de pronto de par en par, había tensión en cada una de sus facciones, y entonces la embistió y entró en ella. Marietta perdió el sentido. Debió de haberlo perdido, porque no recordaba haber sentido dolor. Sólo la sensación de Yannis llenándola, consumiéndola.

Y cuando abrió los ojos encontró los suyos clavados en ella, oscurecidos por los interrogantes, impactados por una acusación, pero llenos también de asuntos más urgentes. Presintió con una intuición femenina que no sabía que poseía que ya era demasiado tarde para él, que no habría vuelta atrás.

Y eso le convenía a ella. No quería que hubiera vuelta atrás. Lo quería todo. Y entonces todo estaría bien.

La vacilación de Yannis no podía durar. Se retiró lentamente para volver a embestir en sus acogedoras profundidades. Y luego llegó otra embestida, y después otra, llenándola de placer. Se movió en su interior y la presión fue creciendo a medida que la iba llevando más alto, subiéndola hacia un lugar en el que nunca había estado y a partir del cual no se podía llegar más lejos. Entonces sintió el éxtasis, haciéndose añicos alrededor de Yannis mientras él alcanzaba su propio orgasmo en piezas que brillaron en el cielo iluminado por la luna antes de regresar despacio para asentarse en la tierra.

Colapsó encima de ella, jadeando, y cuando Marietta extendió los brazos para rodearle y mantenerlo allí, sintió que ya lo había perdido. Yannis se retiró con un grito sobrenatural, medio atormentado medio angustiado, saliendo de ella como si fuera el último lugar en el que deseaba estar, cuando sólo un instante antes era lo único que quería.

–¿Por qué no me lo dijiste? –inquirió dándole la espalda, subiéndose los pantalones y la cremallera para cubrirse–. ¿Por qué diablos no me lo has dicho?

Marietta se apartó de él, expuesta y desnuda y repentinamente avergonzada.

–Creí... creí que no importaba.

–¡Te equivocas! –exclamó Yannis sin mirarla, como si fuera demasiado despreciable para poner los ojos en ella–. ¡Te equivocas! ¡Has sido virgen todo este tiempo!

Le espetó aquellas palabras como si ella fuera una especie de rareza. Marietta se levantó de la cama, sintiéndose ridícula con los tacones que todavía llevaba puestos. Las rodillas apenas la sostenían mientras buscaba su ropa, la recogía y se la colocaba delante a la defensiva.

–¡No vayas a pensar que lo he hecho por ti!
–Ése no es el tema. ¡Deberías habérmelo dicho!
–¿Para qué? ¿Para que pudieras marcarte otra muesca en el cinturón? ¿O para que me echaras como la primera vez?
–Ésa no fue la razón de...
–¡Eso fue lo que me dijiste!
–¡No quería hacerte daño!
–¡Tal vez debiste haberlo pensado hace trece años!
–Marietta, escucha...

Pero ella no se quedó a escuchar. Lo que hizo fue dirigirse hacia la puerta y salir de la habitación.

–Maldición –murmuró él todavía sin entender pero dándose cuenta de que había montado un buen lío.

¿Por qué no se lo había dicho? ¿Por qué le había dejado pensar que…?

–Marietta –la llamó siguiéndola mientras sonaba su teléfono móvil. Ignoró los primeros tonos porque tenía cosas más importantes en las que pensar, hasta que se dio cuenta de que era el tono que identificaba a su madre, y se detuvo sobre sus pasos. Miró hacia el pasillo por el que Marietta había salido corriendo. Quería seguirla, pero aquel sonido lo retuvo.

Sto thiavolo, ¿por qué lo llamaba su madre en aquel momento, cuando sabía que donde él estaba era más de medianoche? A menos que…

Miró por última vez hacia las escaleras por las que había desaparecido Marietta y sintió un nudo en el estómago. Se giró para sacar el teléfono de la chaqueta y lo abrió.

–*Ne?*

Pero no fue la voz de su madre la que contestó. El que había llamado era el médico de su madre.

Sintió un shock cuando escuchó las noticias. Se dejó caer sobre la cama como si estuviera preocupado por su madre, pero era una sensación de traición lo que le disparó los sentidos cuando se dio cuenta de lo que había estado haciendo mientras estaba teniendo lugar una crisis en un hospital situado al otro lado del mundo.

Le estaba haciendo el amor a Marietta. La misma mujer que había provocado que su padre enfermara trece años atrás.

Era una estúpida. Creyó que no importaría, que entre ellos se había establecido un tipo de relación en el que lo más importante era lo que podían llegar a ser y no lo que eran.

Pero se había equivocado. Mucho. Marietta cerró de un portazo la puerta de su dormitorio y se envolvió en un grueso albornoz, cubriendo tanto su desnudez como su ingenuidad. Y sin embargo, no podía cubrir su estupidez. Había hecho el ridículo con Yannis cuando tenía sólo dieciséis años. Trece años después seguía haciéndolo, cuando se suponía que ya debía saber muchas cosas más.

¿Aprendería alguna vez?

Aquella noche había sido para ella mucho más que el exitoso lanzamiento de Paua International. Estaba claro que Yannis la deseaba... aquella noche en la cocina y luego en la playa, cuando se había encontrado de forma inesperada con la tortuga, su deseo había quedado claro. Estaba segura de ello. Pero en ambas ocasiones, cuando creyó que aquello llegaría a algo más, él se había contenido y no había hecho nada.

Y sin embargo esa noche, cuando menos lo esperaba, había hecho algo para asegurar el éxito del lanzamiento de Paua International. ¿Por qué lo había hecho? Fueran cuales fueran sus razones, para ella había significado mucho. Y tal vez fuera ésa la razón por la que se imaginó que estaba enamorado de ella.

Había sido una idiota. Se frotó los ojos con el dorso de la mano mientras se dirigía al cuarto de baño. No quería llorar. Estaba enfadada, eso era todo. Enfadada consigo mismo por ser tan ingenua. Abrió la ducha, decidida a borrar el rastro de Yannis. ¡Al diablo con él! ¿Cuál era su problema? ¿Que ella era virgen? ¡Y qué! Su virginidad era ahora historia. Y había sido el propio Yannis quien se la arrebató.

La llamada a la puerta y la voz de Yannis gritando su nombre la pillaron por sorpresa.

–Estoy ocupada –dijo comprobando la temperatura de la ducha con la mano.

–Necesito hablar contigo.

–¡Yo no quiero hablar contigo!

–Marietta, déjame pasar. ¡Mi padre se está muriendo!

Capítulo 11

Y ANNIS tenía un aspecto horrible, con el rostro abatido y los ojos perdidos por el dolor.
–Me marcho ahora mismo –dijo. Marietta se dio cuenta de que se había puesto unos pantalones oscuros y un jersey de punto que se ajustaba a la perfección a su pecho. También tenía las puntas del cabello húmedas por la ducha–. Voy a salir en el primer vuelo. ¿Estarás bien?

–Por supuesto que sí.

–No tienes por qué quedarte aquí si no quieres. Podrías trasladarte a un hotel o a un apartamento.

–Ya lo pensaré.

Yannis apretó las mandíbulas y consultó su reloj.

–Tengo que irme. Adiós.

Marietta se ató más fuerte el cinturón del albornoz y le vio darse la vuelta sin esperar respuesta.

–Yannis, siento lo de tu padre.

Aquello fue como si le hubieran disparado un tiro en la cabeza. Sentía la sangre sólida en las venas tras trece años de odio. Trece años de culpa.

–¿De verdad lo sientes? –preguntó girándose lentamente.

Ella parpadeó y lo miró con incredulidad.

–Por supuesto. ¿Por qué no iba a sentirlo?

–¡Porque él está así por tu culpa!

Marietta reculó como si le hubieran dado un golpe en la cabeza.

–¿De qué estás hablando? ¿Qué tengo que ver yo con la enfermedad de tu padre?

Yannis iba a decir algo, pero en aquel momento sonó un claxon fuera. Volvió a consultar el reloj y apretó los labios mientras la miraba.

–¡Tienes *todo* que ver!

Su madre lo urgió a entrar en la habitación del hospital. Tenía el rostro descompuesto y el cabello más gris de como lo recordaba él. Pero una vez dentro, fue la cama que ocupaba el centro lo que llamó su atención. Estaba rodeada de cables y equipamiento, y dentro estaba la sombra del hombre que fue su padre.

–Papá –dijo tomando una de sus nudosas manos con cuidado–. Soy yo, Yannis.

Su padre abrió los párpados con dificultad.

–Yannis –gimió–. Mi hijo. Tu madre te ha echado de menos –dijo en un susurro. Pero la acusación estaba ahí, y la culpa se apoderó de él.

Yannis le dirigió a su madre una mirada de arrepentimiento.

–He estado ocupado.

Su madre sonrió, y él se alegró de ver aquellos hoyuelos en su rostro.

–Te vas a matar trabajando tanto –continuó su padre con voz rota–. ¿Y todo para qué?

Yannis cerró los ojos. Para recuperar la fortuna que había perdido. Pero se limitó a decir:

–Ya sabes por qué.

Su padre suspiró, y a Yannis le pareció ver que tenía los ojos llenos de lágrimas.

—Has sido un buen hijo —murmuró apretándole la mano con toda la fuerza que pudo—. ¿Sabes lo que he aprendido aquí? Que las fortunas van y vienen, y que al final no significan nada. Y que la vida es corta, pero lo significa todo. ¿Me comprendes?

—No lo sé —respondió Yannis tragando saliva.

Su padre volvió a suspirar. Una sombra de tristeza se apoderó de sus elegantes facciones.

—Hace tiempo cometí un error. Un error que tú has estado pagando desde...

—El error fue mío —lo interrumpió Yannis—. Fueron mis acciones las que te hicieron perder tu fortuna.

—Y fue tu trabajo el que me la devolvió. Pero mira a tu alrededor. ¿De qué te sirve el dinero cuando te enfrentas a la muerte?

—No digas eso, papá.

—Es la verdad. Pero gracias, hijo mío. Has pagado con creces los pecados de tu padre. Ha llegado la hora de que vivas. Y que le des a tu madre los nietos que desea. Perdóname —susurró su padre en una voz demasiado frágil para ser real—. Por favor, perdóname.

Y las lágrimas que habían estado escociendo a Yannis en los ojos desde que llegó encontraron por fin alivio.

La llamada de teléfono llegó tres noches después de que Yannis se hubiera marchado. Marietta se sentía vacía. La cobertura que hizo la prensa del lanzamiento y el éxito rotundo de la galería eran lo único que la mantenía vital.

—Hace tiempo que no sabemos nada de ti —dijo su hermano.

—He estado ocupada —respondió ella quitándose los zapatos tras otra noche de duro trabajo.

Se mantenía muy ocupada para no pensar en Yannis ni en el misterioso comentario que le hizo al marcharse. Ahora trató de concentrarse en lo que su hermano y Sienna le estaban contando.

Las cosas iban bien en Montvelatte. Ya se habían encargado del asunto de las amenazas y, una vez más, su cuñada estaba concentrada en las cosas importantes de la vida, su esposo y sus bebés. Ya estaba engordando, le contó orgullosa.

Cuando estaba a punto de despedirse, Rafe agarró el teléfono y le preguntó:

—¿Has sabido algo de Yannis?

Y tuvo que admitir que no. No había hecho ningún amago de ponerse en contacto con ella desde que se marchó. Aunque tampoco esperaba que lo hiciera.

—Su padre murió ayer —le dijo.

A Marietta se le encogió el corazón y tuvo que sentarse. Yannis la había acusado de tener «todo que ver» con la enfermedad de su padre. ¿Significaba eso que la responsabilizaba de su muerte?

—Le he preguntado si quería venir una temporada a Montvelatte —continuó Rafe—. Pero dijo que su madre lo necesita allí.

—Por supuesto —contestó ella con aire ausente—. Rafe, ¿de qué ha muerto su padre?

—Un derrame cerebral. Ya había tenido varios. Empezó a sufrirlos hace como diez años.

Marietta se frotó la frente. ¿Por qué la hacía responsable Yannis de algo así?

—¿Por qué empezaron?

—Problemas económicos, al parecer. La familia perdió una fortuna. Su padre tenía grandes planes para unirse a los Santo, la familia de armadores. Habían llegado a un acuerdo que convertiría a los Markides en una de las dinastías navieras más fuertes del mundo.

—¿Y salió mal?

—Fatal. Al parecer, parte del acuerdo incluía que Yannis se casara con Elena de Santo.

—¿Iba a casarse? No lo sabía —Marietta recordó que Sienna había insinuado algo parecido.

—No lo sabía mucha gente. Se suponía que iba a anunciarse el día que cumpliera veintiún años.

A Marietta se le heló la sangre en las venas. Su veintiún cumpleaños. *Trece años atrás...*

—¿Qué ocurrió? —susurró al teléfono.

—Al parecer se dijo que tenía una aventura. Vieron salir a una mujer de su habitación la noche antes de anunciar el compromiso. Nunca llegó a anunciarse y el acuerdo se rompió. Pero el padre de Yannis ya lo había centrado todo en ese trato. Había cortado la relación con sus anteriores socios. Aquello estuvo a punto de destruir económicamente a la familia. Yannis ha estado trabajando como una bestia desde entonces para intentar arreglarlo.

—¿Quién era esa mujer? —preguntó Marietta con voz temblorosa.

—Él nunca lo dijo.

No era necesario. Alguien la había visto a ella saliendo de su dormitorio. Marietta tenía los ojos llenos de lágrimas y por eso no había visto nada. Y entró en su dormitorio preocupada sólo por sí misma, angustiada por la humillación sin imaginar por un momento lo que aquello había supuesto para Yannis.

Se despidió de su hermano con la mente nublada por las repercusiones de su locura de amor.

Su inconsciencia no sólo le había costado a Yannis una esposa, sino los millones de su familia.

Y ahora le había costado la vida de su padre.

¡No era de extrañar que la odiara!

Capítulo 12

LOS ATARDECERES hawaianos resultaban espectaculares. El sol se ponía entre nubes de algodón en medio de miles de tonos rosados, y en ningún sitio se veían tan bien como desde la playa, pensó Marietta con las sandalias en la mano mientras caminaba descalza por la orilla.

Aquél era su momento favorito del día. Llevaba ya dos meses en Honolulú, y nunca se cansaba de verlo.

Tenía que estar agradecida por muchas cosas. Vivía en un sitio maravilloso, la galería iba bien y el embarazo de Sienna transcurría sin problemas. En cuanto a aquel dolor que sentía a veces al pensar en el hombre moreno que era más guapo de lo que estaba permitido, terminaría disminuyendo. Se suponía que el tiempo lo curaba todo. Sólo necesitaba un poco más de ese tiempo.

Estaba a punto de dejar la playa y cruzar el camino que llevaba a su edificio de apartamentos cuando vio a alguien acercándose a ella por la orilla. Era un hombre alto y ancho con el rostro aceitunado. Y por un instante pensó que se trataba de él. Sintió cómo se le aceleraba el pulso.

Y cuando pensó que había sido una locura pensarlo, él habló.

–Hola, Marietta.

—¿Yannis? –preguntó ella deteniéndose en seco.

A pesar de que ya había oscurecido, se dio cuenta de que tenía un aspecto diferente. El pelo se le rizaba un poco más en el cuello, y tenía las facciones menos tirantes. Incluso iba vestido de forma distinta, más informal.

—Me ha costado un poco dar contigo. Te has mudado.

—La casa era demasiado grande –dijo ella encogiéndose de hombros–. Encontré un apartamento con vistas al mar, y puedo ir caminando al trabajo. Lo mejor de los dos mundos.

Marietta no dejaba de preguntarse en su cabeza qué estaba haciendo él allí.

—Y dime, ¿cómo estás? –le preguntó entonces Yannis.

—Bien –respondió sin mentir del todo. Tal vez su vida careciera de los fuegos artificiales que había vivido con Yannis los primeros días allí, pero aquello no era necesariamente algo malo, teniendo en cuenta el resultado–. Sí, estoy bien. ¿Y tú?

—Bien –Yannis se metió las manos en los bolsillos–. He estado en Montvelatte estas dos últimas semanas visitando a Sienna y a Rafe. Fui a llevar a mi madre. Hacía años que no iba.

—¿Cómo está tu madre? –preguntó ella–. Supe que… –se humedeció los labios, consciente de que aquello no era fácil. Consciente de que lo que pensaba Yannis respecto a lo que ella había hecho.

¿Habría venido en busca de una disculpa, la disculpa que le debía?

—Supe lo de tu padre.

Yannis dejó escapar un suspiro y miró hacia el mar antes de volverse hacia ella.

—¿Te importa si damos un paseo?

Ella asintió con la cabeza y se dispusieron a caminar por la orilla.

—¿Qué estás haciendo en Hawái? —le preguntó—. ¿Te pidió Rafe que echaras un vistazo a ver cómo estoy?

—Tenía que ver a un cliente —respondió él—. ¿Te parece que nos sentemos un rato?

Tomaron asiento en la arena cálida, mirando hacia la noche iluminada por la luz de la luna y escuchando cómo la blanca espuma de las olas rompía en la orilla. Una parte de Marietta deseaba que nunca hubiera vuelto, y la otra se mantenía extrañamente esperanzada.

Al estar allí sentados, mirando y escuchando las olas sin hablar y sin siquiera mirarse, sintió el calor y la fuerza de Yannis en cada fibra de su ser. No quería sentirlo, pero negar aquel impacto en ella era como tratar de negar el atardecer.

¿Y quién podía negar el atardecer? Ella no. Aunque ahora era de noche, y el peso de lo que no se había dicho le atenazaba el alma. Miró hacia Yannis, que estaba apoyado sobre los codos mirando el mar, y una sola mirada bastó para que algo se despertara en su alma. Algo que supo instintivamente que no lograría erradicar por mucho tiempo que transcurriera.

—Yannis, Rafe me contó lo de Elena. Lo de vuestros planes de boda.

Él giró la cabeza hacia ella. Abrió mucho los ojos mientras apoyaba el peso en los brazos, pero no dijo nada.

—Me contó que la boda se canceló porque alguien pensó que estabas teniendo una aventura, que habían visto a una mujer saliendo de tu habitación.

Yannis parpadeó despacio. Sus negros ojos resultaban inescrutables en el crepúsculo.

–Rafe no sabía de quién se trataba, pero era yo, ¿verdad? Alguien me vio y pensó que teníamos una aventura. Todo por mi estúpido amor de adolescente.

Yannis se incorporó de pronto y se sacudió la arena de los codos antes de apoyarlos sobre las rodillas.

–No importa.

–Oh, claro que sí –Marietta se mordió el labio. Quería seguir, pero no descubrirse demasiado. Una lágrima le resbaló por la mejilla–. No podía entender por qué estabas tan enfadado conmigo antes, pero finalmente todo cobró sentido –se detuvo un instante–. Fui yo, ¿verdad? Me echaste, te aseguraste de que no ocurriera nada, y sin embargo te hicieron responsable de todos modos.

Él negó con la cabeza.

–No fue así.

–¡Pero el resultado fue el mismo! La boda se canceló. El acuerdo entre ambas familias se hizo trizas.

Yannis no podía negar la verdad. Había sido una escena desagradable, la primera de muchas. Lo llamaron para que respondiera de sus pecados. El padre de Elena lo acusó, su propio padre gritaba y trataba de defenderse, consciente de lo que estaba en juego, tratando desesperadamente de asegurar su posición antes de perderlo todo.

Y entonces su padre le había pedido en un último y desesperado intento que jurara ante Dios que no había estado con otra mujer y que era libre de casarse con Elena.

–¿La amabas?

Estaba tan sumido en sus recuerdos que tuvo que mirarla para averiguar con quién estaba hablando.

—¿A quién, a Elena?
—¿A quién si no? Ibas a casarte con ella.
Yannis estuvo a punto de reírse ante aquel absurdo.
—Nunca la amé. Apenas la conocía.
—Y no te casaste con ella. Y eso destruyó a tu familia —Marietta miró hacia el mar. Las lágrimas le nublaron la visión al recordar otro momento en el que había intentado decir que lo sentía y a pensar en cómo había terminado—. Y esta vez, si te digo que lo siento es que lo siento de verdad, Yannis. Siento lo que os hice a ti y a tu familia. Siento lo que le costó a tu padre.

Se puso de pie de pronto, le resultaba imposible seguir sentada con el peso de aquella culpa. Se frotó los ojos para aclararse las lágrimas.

—Gracias por venir a buscarme. Ha sido estupendo ponernos al día.

—¿Crees que voy a marcharme ahora? —le preguntó Yannis poniéndose a su lado.

—¿Tenemos algo más de que hablar?

—Sí, de lo mucho que yo necesito pedirte perdón a ti.

—No tienes que disculparte por haberme echado. Sé que lié completamente las cosas. Fue una estupidez por mi parte. ¿Qué otra cosa podías haber hecho tú? —Marietta echó a andar, pero él la retuvo sujetándola del brazo.

—¡No! ¡Escúchame!

Su voz sonaba tan convincente que ella asintió y se giró para mirarlo.

Yannis aspiró con fuerza el aire. Había pasado mucho tiempo pensando en aquello, y al final acababa de encajar la última pieza. Qué adecuado que hubiera ocurrido justo cuando estaba de nuevo con Marietta.

—Mi padre tenía un gran plan. Quería transformar

el apellido Markides en una referencia naviera, y tenía un aliado... un magnate naviero con una hija a quien no le importaba el negocio y mucho menos con quién se casara. Su padre pensó en casarla con alguien que se ocupara del negocio. Por su parte, mi padre vio la oportunidad de expandir sus propios intereses. Cortejó a aquel hombre como quien corteja a una novia, con promesas y regalos.

»Lo único que olvidó fue contármelo a mí. Me enteré la tarde anterior a mi veintiún cumpleaños. Me dijeron que todo estaba planeado. Se anunciaría el compromiso y nuestras familias disfrutarían de los beneficios durante varias generaciones.

—Y entonces yo entré en tu dormitorio.

Yannis sonrió entonces.

—No te oí entrar. No entiendo ni siquiera cómo pude despertarme aquella noche. Como no conseguí que mi padre cambiara de idea, arrasé con su bar. No sé cuánto bebía, pero estaba muerto hasta que tú llegaste. Y ni siquiera entonces pensé que fueras tú.

—¿No sabías que era yo?

—Debería haberlo sabido, pero había bebido mucho y creí que mi padre y su compinche habían planeado adelantar la luna de miel. Creí que habían enviado a Elena. Me enfadé y decidí aprovecharme de la situación. Y entonces, para mi horror, descubrí que eras tú.

—¿Para tu horror?

—¿No te das cuenta? Estaba enfadado. No contigo, sino con quien pensé que estaba en mi cama. El horror llegó cuando me di cuenta de que la que estaba debajo no era ella, si no tú, y tú merecías mucho más...

—Y sin embargo, me echaste.

—¿Cómo iba a dejar que te quedaras sabiendo que al día siguiente me iban a prometer con otra?

—¿Por qué no me lo dijiste? ¿Por qué tuviste que ser tan cruel?

Yannis se dio la vuelta al recordar aquella noche y lo que sintió entonces. Estaba avergonzado.

—Tuve que echarte. Sabía que no podía tenerte si iba a casarme con Elena. Pero te deseaba mucho. Y tú estabas ahí, desnuda en mi cama. Y durante un instante pensé que podría tenerte y aun así casarme con Elena, y nadie lo sabría.

—Yo lo sabría.

—Y yo. Por eso no lo hice. Tenía que sacarte de allí antes de que las cosas se pusieran peor.

—Pero me hiciste sentir como si todo fuera culpa mía. Me odiaste por lo que había hecho.

Yannis sacudió la cabeza.

—Tenía que echarle la culpa a alguien —aseguró—. No quería responsabilizarme de mis actos. Me he dado cuenta de eso esta noche. Cuando se supo que habían visto a una mujer saliendo de mi habitación, mi padre me llamó para hablar con él y con el padre de Elena en un último intento de salvar su acuerdo. Me pidió que jurara por Dios que todo era mentira, que yo no había hecho nada que pusiera en peligro mi matrimonio con Elena —Yannis suspiró—. Tendría que haberme resultado sencillo negarlo.

—Pero no lo hiciste.

Él se giró para mirarla y sacudió la cabeza.

—No. Le dije que había habido otra mujer, aunque no le conté de quién se trataba.

Yannis se dejó caer de rodillas sobre la arena con las manos unidas.

—Yo tomé esa decisión. Decidí desobedecerle. Y

era más fácil culparte a ti de lo que ocurrió después.

Marietta extendió la mano con gesto vacilante para rozarle el hombro con las yemas de los dedos. Deseaba creer sus palabras, confiar en él.

–Me dijiste que me echaste porque era virgen. No era cierto, pero yo te creí. Por eso no podía dejar que me hicieras el amor en Montvelatte la noche de la boda. Tenía miedo. Miedo del acto en sí, pero sobre todo de lo que pudieras pensar de mí.

Los dedos de Yannis agarraron los suyos sobre su hombro y se los llevó a los labios.

–Cuando por fin hicimos el amor, actuaste como si fuera lo peor del mundo.

–Te hice daño –reconoció él–. Lo siento. Tendría que haberlo sabido.

Marietta se dejó caer en la arena a su lado y permitió que entrelazara la mano con la suya. Miró hacia el mar oscuro. Las olas reflejaban la luz de la luna. Yannis, su Yannis, le había dicho que lo sentía. Y bajo aquella luna tropical y el suave balanceo de las palmeras, lo creía.

–Entonces, ¿cómo podemos mejorarlo? –preguntó ella.

La mano que estaba sujetando la suya se detuvo durante un instante antes de que Yannis la mirara. Sus ojos oscuros reflejaban deseo.

–Créeme, puede mejorar mucho.

Marietta tragó saliva y apartó la vista. Sentía de pronto la boca seca, pero la mano de Yannis la retuvo y volvió a mirarlo. El fuego de sus ojos le abrasaba el alma.

–No tengo derecho a pedirte esto después de todo lo que te he hecho –dijo él vacilante–, pero ¿existe la posibilidad de que algún día me perdones y podamos empezar de nuevo?

El corazón de Marietta, que llevaba demasiado tiempo dormido, volvió a cobrar vida de pronto.

—¿Quiere mi perdón?
—Por favor.
—¿Y quieres la oportunidad de empezar de nuevo?
—Si tú lo ves claro, sí.
—Pero ¿qué ha cambiado esta vez? ¿Cómo puedo estar segura de que no encontrarás otra razón para rechazarme?
—Porque te amo.

El mundo se detuvo. ¿O fue sólo su corazón?

—¿Qué has dicho?
—Te amo. Sólo lamento haber tardado tanto en darme cuenta.

Los ojos de Marietta se llenaron de lágrimas. Lágrimas de felicidad.

Yannis frunció el ceño con gesto de preocupación.

—Estás llorando.
—Soy feliz —aseguró ella secándose las mejillas—. Nunca creí que te oiría decir esto.
—Créelo. Te amo, Marietta. Y si algo he aprendido al estar lejos de ti es que no puedo vivir sin ti. Tengo que estar contigo todos los días y todas las noches. Por favor, dime que me darás otra oportunidad.

Yannis la miró con tanta solemnidad que ella sintió cómo sus palabras resonaban en su interior, en un lugar que había estado esperando aquel momento tan especial durante lo que parecía una eternidad. Lo estrechó entre sus brazos y lo atrajo hacia sí.

—Creo que he nacido para amarte, Yannis Markides. Te amo con toda mi alma y con todo mi corazón.

A Marietta se le aceleró el corazón al ver la sonrisa que recibió a cambio, una sonrisa que la llenó de calor.

—Entonces, ¿me darás otra oportunidad?

—Con una condición —le advirtió ella—. Sólo si me demuestras cómo puede mejorar.

No la decepcionó. Fueron al apartamento de Marietta y le hizo el amor con las manos, con el cuerpo, con la lengua. Borró a besos el recuerdo de los malos tiempos y le demostró cuánto la amaba. Ella respondió demostrando lo buena alumna que era, disfrutando de su cuerpo y bebiéndoselo hasta los poros.

Y esta vez, cuando el éxtasis los envió al abismo, sus almas fueron juntas, unidas como si fueran una.

La noche se convirtió en amanecer, y el amanecer en un nuevo y luminoso día. El primero de su nueva vida juntos.

Marietta le demostró a lo largo de todo ese día cuánto lo amaba, y él a ella también. Cuando finalmente se dispusieron a dormir, saciados y plenos, Marietta le besó los labios.

—Te amo, Yannis —murmuró.

Él la atrajo hacia sí y la besó a su vez, consciente de que aquella noche había sido bendecido con el regalo del amor, un regalo que atesoraría para siempre.

—Me siento honrado, mi princesa —le dijo besándola en la punta de la nariz y en la barbilla—. Y te amaré por siempre.

Epílogo

LAS CAMPANAS repicaban en las torres desde la ciudad de Velatte hasta el pueblo más minúsculo. Las mujeres habían adornado las casas y a sí mismas con guirnaldas de flores, y todo el mundo estaba de fiesta. Los habitantes de Montvelatte tenían motivos para celebrar.

El príncipe Luca y la princesa Anabella habían hecho su aparición justo a tiempo, y los gemelos reales ya se habían ganado el corazón de todos. Dentro del castillo, las cosas no resultaban menos emocionantes. Los bebés habían vuelto del revés la vida de palacio, pero habían traído consigo tanta alegría que nadie protestaba.

Marietta y Yannis habían acudido a celebrar la llegada de los nuevos miembros de la familia. Y para dar su buena noticia cuando llegara el momento.

Fue una reunión muy alegre, especialmente por la presencia de los bebés.

–¿Cuál de los dos te gusta más? –le preguntó Sienna antes de la cena.

Marietta no podía elegir entre Anabella con su cabello y sus pestañas oscuras y Luca, con sus regordetas mejillas y su boquita en forma de corazón.

–Los dos son preciosos –aseguró, incapaz de decidirse–. Los adoro a ambos.

Sienna se rió y dijo que a ella le pasaba lo mismo mientras tomaba en brazos a Luca.

-¿Qué tal van las cosas por Honolulú? -le preguntó a Marietta, que también sacó a Anabella de la cuna.
-De maravilla -aseguró ella sin tener que pensárselo dos veces-. La galería está yendo muy bien, y...
-¿Y?
Y Yannis estaba allí cada dos semanas.
-Y eso está bien -dijo Marietta con una sonrisa misteriosa.
Los dos hombres se unieron a ellas en aquel momento. Rafe se puso al instante al lado de su esposa, besándola antes de sonreírle al bebé que tenía en brazos.
Yannis le puso a Marietta la mano en el hombro y le acarició el cuello mientras miraba a la niña.
-Mírala. Es preciosa, Yannis.
-Lo es -aseguró él acariciándole la cabeza con la mano libre-. Felicidades a los dos.
Alzó la cabeza y vio a Sienna y a Rafe observándole. O más bien observando lo que estaba haciendo su mano en el cuello de Marietta. Se miraron un instante antes de que Sienna dijera:
-Nos estábamos preguntando si éramos los únicos que teníamos buenas noticias.
Ahora le tocó a Yannis el turno de intercambiar una mirada con Marietta.
-¿Se lo has contado?
Marietta sonrió.
-Creo que lo ha adivinado.
Sienna se rió.
-¡Vamos, soltadlo!
Yannis besó a la mujer que amaba y la atrajo hacia sí.
-En ese caso, seréis los primeros en saber que Ma-

rietta ha accedido amablemente a convertirse en mi esposa.

—¡Lo sabía! —exclamó Sienna pasándole el bebé a su marido para poder correr a abrazarlos—. Felicidades. Estoy muy contenta por vosotros.

Anabella acabó en brazos de Yannis para que Sienna pudiera abrazar a su cuñada apropiadamente. Las dos mujeres dieron vueltas en un remolino de emoción.

Transcurrieron unos minutos hasta que alzaron la vista y lo vieron. Rafe y Yannis estaban el uno al lado del otro hablando. En sus brazos había unos bultos de cabello oscuro que parecían estar encantados allí.

—Oh, Dios mío —dijo Marietta extasiada ante la visión de Yannis, su poderoso Yannis, sujetando a un bebé tan pequeño con semejante delicadeza—. No tenía ni idea.

Sienna siguió la dirección de su mirada y sonrió.

—Ésa es la mejor parte de estar enamorado. Cada vez es mejor.

Y tenía razón.

Bianca

Ella es tan pura e intachable como los diamantes que él utiliza para cautivarla...

Cuando la tutela conjunta de la pequeña Molly se ve amenazada, el italiano Mario Marcolini llega a la conclusión de que, para protegerla, sólo hay una opción posible: Sabrina, la niñera de la pequeña, deberá ceder a sus pretensiones matrimoniales.

Sabrina, que recela del peligrosamente atractivo Mario, aceptará su propuesta por el bien de la niña.

Mario está convencido de que su futura esposa no es más que una astuta cazafortunas, pero pronto descubrirá la verdad.

Novia inocente

Melanie Milburne

¡YA EN TU PUNTO DE VENTA!

Acepte 2 de nuestras mejores novelas de amor GRATIS

¡Y reciba un regalo sorpresa!

Oferta especial de tiempo limitado

Rellene el cupón y envíelo a
Harlequin Reader Service®
3010 Walden Ave.
P.O. Box 1867
Buffalo, N.Y. 14240-1867

¡Sí! Por favor, envíenme 2 novelas de amor de Harlequin (1 Bianca® y 1 Deseo®) gratis, más el regalo sorpresa. Luego remítanme 4 novelas nuevas todos los meses, las cuales recibiré mucho antes de que aparezcan en librerías, y factúrenme al bajo precio de $3,24 cada una, más $0,25 por envío e impuesto de ventas, si corresponde*. Este es el precio total, y es un ahorro de casi el 20% sobre el precio de portada. !Una oferta excelente! Entiendo que el hecho de aceptar estos libros y el regalo no me obliga en forma alguna a la compra de libros adicionales. Y también que puedo devolver cualquier envío y cancelar en cualquier momento. Aún si decido no comprar ningún otro libro de Harlequin, los 2 libros gratis y el regalo sorpresa son míos para siempre.

416 LBN DU7N

Nombre y apellido	(Por favor, letra de molde)	
Dirección	Apartamento No.	
Ciudad	Estado	Zona postal

Esta oferta se limita a un pedido por hogar y no está disponible para los subscriptores actuales de Deseo® y Bianca®.
*Los términos y precios quedan sujetos a cambios sin aviso previo.
Impuestos de ventas aplican en N.Y.

SPN-03 ©2003 Harlequin Enterprises Limited

Deseo™

La mujer adecuada

JENNIFER LEWIS

Salim al-Mansur, magnate de los negocios y príncipe del desierto, debía casarse y proporcionarle un heredero a su familia. Pero la única mujer a la que deseaba no podía ser para él.
Su intención había sido mantener una relación estrictamente profesional con Celia Davidson, aunque era imposible estar junto a ella sin sucumbir al deseo. Ya la había rechazado en una ocasión, alegando que no era la novia apropiada. La tradición le impedía contraer matrimonio con una mujer americana, moderna e independiente, y mucho menos tener descendencia con ella... a no ser que Celia ya le hubiera dado un heredero.

Era un hombre poderoso, pero ella dominaba su corazón

¡YA EN TU PUNTO DE VENTA!

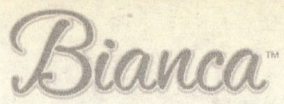

Era la novia más apropiada para el siciliano...

Hope Bishop se queda atónita cuando el atractivo magnate siciliano Luciano di Valerio le propone matrimonio. Criada por su adinerado pero distante abuelo, ella está acostumbrada a vivir en un segundo plano, ignorada.

Pero las sensuales artes amatorias de Luciano la hacen sentirse más viva que nunca. Hope se enamora de su esposo y es enormemente feliz... ¡hasta que descubre que Luciano se ha casado con ella por conveniencia!

Un amor siciliano

Lucy Monroe

¡YA EN TU PUNTO DE VENTA!